EL TERRIBLE FLORENTINO

PILAR MOLINA LLORENTE

EL TERRIBLE
FLORENTINO

Premio de Biografía Doncel 1971-72
Premio CCEI 1973

NOGUER Y CARALT
EDITORES

Séptima edición: octubre 1995

Impreso en España - Printed in Spain
Duplex S.A., Barcelona
Depósito legal: B-9.591-1995

Caprese es una bella región cubierta de castaños y viejas encinas. Es una parte más de la Italia cargada de historia. El pueblo posee valiosas ruinas; pero, de todas ellas, destaca un palacete situado en lo más alto del pueblo. En esta casa se alojaron, durante el siglo XV, los alcaldes mandados de Florencia.

En el mes de marzo del año 1475, el alcalde en funciones era Lodovico di Lionardo Buonarroti Simoni. Era un hombre honrado, descendiente de una antigua familia florentina, que en la actualidad sólo contaba con lo que podía ganar con su esfuerzo: el sueldo de alcalde que debía disfrutar durante seis meses.

Faltaban unas horas para que saliera el sol en aquel día 6 de marzo, cuando nació un niño en el viejo palacio. Era un niño moreno de ojos pardos moteados con pintitas amarillas y rojas.

Lodovico miró a su hijo en silencio y después de un rato decidió el nombre: Miguel Angel.

Él y su esposa Francesca tenían ya otro hijo al que habían bautizado con el nombre de Lionardo.

Durante los seis meses que duró el cargo de alcalde a Lodovico, la familia permaneció reunida; pero cuando volvieron a Florencia, y según era costumbre entre las nobles familias de entonces, pensaron en dar a criar al niño a una robusta aldeana.

La familia de Lodovico tenía tierras en una aldea cercana llamada Settignano. Este pueblecito vivía casi totalmente de las canteras que en él se explotaban. En ellas trabajaban los hombres y crecían los niños entre mazos, piedras y cinceles.

Francesca y su marido entregaron a Miguel Angel a una alegre y limpia mujer de Settignano.

Siendo aún muy pequeño murió su madre, dejando tres hijos más: Buonarroto, Giovan-Simone y Sigismondo.

Los cinco hijos crecían deprisa y Lodovico empezaba a pensar en dónde los colocaría para hacer de ellos unos hombres dignos de su apellido.

Lionardo, el mayor, era tranquilo y dulce; su religiosidad daba a entender, desde niño, su vocación religiosa. Sin embargo, Miguel Angel era despierto y muy curioso con todo lo que le rodeaba. Tenía sus propios juegos con los que se entretenía solo y muy rara vez jugaba con otros niños.

Lodovico pensaba en su segundo hijo. ¿Comerciante? Ésta era una brillante profesión en la Florencia del siglo XV; pero no, Miguel Angel no tenía carácter de comerciante; además era una pena desaprovechar sus dotes para el estudio. Las letras... Sí, estudiaría gramática.

De los tres pequeños sólo Sigismondo parecía tener una vocación fija: quería ser militar. Los otros dos hijos de Lodovico serían comerciantes.

Francesco de Urbino era uno de los más insignes gramáticos de su tiempo y a su escuela mandó Lodovico a su segundo hijo.

Miguel Angel aprendió a leer y a escribir correctamente el italiano, pero no hacía los adelantos que eran de esperar en sus dotes de muchacho inteligente. No era que no le gustase la gramática, lo que pasaba es que había algo que le gustaba mucho más: el dibujo.

Pasaba sus hora libres dibujando, copiaba todo lo que estaba a su alcance, las caras de sus hermanos, las posturas de los hombres que veía en la calle, los gestos de su maestro... Algunas veces llegaba tarde a clase, otras veces no llegaba porque en un palacio había unos hombres pintando un patio o arreglando las estatuas y los adornos. Cuando volvía de su mundo ya era tarde para la escuela.

Francesco de Urbino se quejó a su padre. Lodovico reprendió a su hijo y quiso saber la causa de su falta de interés, Miguel Angel le habló de su devoción por el dibujo.

Su padre estaba escandalizado. ¡Un hijo suyo... pintor! ¡Un vulgar artesano! ¡No!

La negativa de Lodovico colocó a Miguel Angel, de nuevo, junto a Francesco de Urbino y sus lecciones. Aunque intentaba poner atención, no lo conseguía, su mente volaba esperando el momento de salir. Se había hecho amigo de un grupo de muchachos que trabajaban en talleres de pintores y escultores, como aprendices. Se reunían por las tardes y caminando por las plazas y los jardines de Florencia, contaban cosas de los artistas, detallaban los pormenores de los trabajos que se hacían en el momento, comentaban los malos humores de sus maestros y las faenas de otros aprendices y reían con las mil cosas pequeñas que cada día ocurrían en el taller. Miguel Angel les oía con ojos brillantes, callaba porque él nada tenía que contar, pero su corazón latía más deprisa que el resto del día, cuando los versos y los estilos literarios llegaban a su cabeza sin que pudiera oírlos.

En aquel grupo de chicos había uno simpático y noble, se llamaba Francesco Granacci. Miraba al nuevo chico que les acompañaba, a aquel muchacho de ojos brillantes que callaba siempre, y que si algo decía era preguntar por los detalles, pedir que le describieran algún dibujo y cosas por el estilo. Aquel chico sí que tenía ilusión; Granacci lo notó enseguida. Decidió ayudarle. Comenzó por hablarle a él más que a los otros y cuando el grupo se despedía, Granacci acompañaba a Miguel Angel hasta su casa para poder seguir hablando un rato más.

Granacci era aprendiz del famosísimo Doménico Ghirlandaio. Cuando su amistad con Miguel Angel se hizo íntima y conoció las ansias de su amigo, comenzó a traerle dibujos de su maestro para que los copiase.

A escondidas en su casa, cuando su padre y sus hermanos no podían verle, se ponía a dibujar sintiendo que el ver su ilusión realizarse le hacía olvidar que estaba desobedeciendo la prohibición de su familia.

Al día siguiente Granacci se volvía loco elogiando su buena mano y su gusto para dibujar. Para Miguel Angel, cada palabra de su amigo despertaba una nueva luz. Puede ser, claro que puede ser. ¿Por qué perder el tiempo con la gramática?

Su fogoso amigo le animaba sin descanso. Puede ser, es sólo cuestión de voluntad, de carácter, de... de valor. Hacía falta mucho valor para decirle a Lodovico que definitivamente quería aprender pintura.

Aquella tarde caminó junto a Granacci más callado que nunca. Sin embargo, el joven aprendiz no dejaba de hablar y hablar sobre pintura, sobre estilos, sobre maestros...

Estaba decidido, hablaría con su padre.

Lodovico no podía creer que la desgracia azotase su nombre de aquella manera. Pintor, un vulgar obrero, un descendiente de la honrosa familia de los Simoni.

—¡No!

Sus tíos montaban guardia para que no tocase la pluma, si no era para realizar las tareas literarias que Francesco de Urbino le encargaba. Cuando sus deberes acababan y sus parientes se distraían, Miguel Angel sacaba de un escondite el dibujo que le dejara Granacci y se perdía en su mundo. Ya se atrevía con el color.

Un día, Granacci le enseñó una lámina que representaba a San Antonio atormentado por los diablos; Miguel Angel la miraba con emoción. Deseaba copiarla, pero ¿cómo?

Granacci no encontraba obstáculos para su ánimo. En cualquier rincón, por la noche en su cuarto, con una vela... Le prestó colores y pinceles y esperó confiado.

En aquella lámina había figuras monstruosas que representaban a los diablos: la imaginación de Miguel Angel iba más allá que la del propio autor de la obra. Los diablos tenían que ser horribles, pero perfectos en su monstruosidad.

Recorrió los mercados de Florencia fijándose en los pescados, en las patas de los animales, en las escamas, en los colores de los ojos y en las pieles de aquellos que le interesaban. Todo este estudio lo utilizó para reproducir mejor la pintura.

Cuando acabó su trabajo, el mundo era más pequeño para él.

Francesco Granacci abrazaba a su amigo entre frases cortadas, reía, lloraba cuando la emoción le apretaba la garganta y sacudía a Miguel Angel que empezaba a sentir miedo. Quería llevar la pintura a su maestro. Cuando Lodovico se enterase, sería capaz de matarle por su honor. Ya le había dado azotes con la correa y le había cruzado la cara con su mano huesuda en algunas ocasiones.

No oía a su amigo, una dulce oleada de apatía le estaba llenando por primera vez en su vida. Dios decidiría. Que todo siguiera su camino.

Granacci se alejaba corriendo hacia el taller de su maestro y Miguel Angel se quedó allí, sentado, quieto, viendo cómo el dorado sol toscano se despedía de la ciudad.

2

Doménico Ghirlandaio se limpió las manos en su viejo delantal antes de coger la copia que su discípulo le tendía. No sabía por qué, pero la sonrisa mal disimulada del muchacho no le gustaba. Cogió la pintura, la miró, miró a Granacci que ya no podía tapar su sonrisa y volvió a la pintura.

Un aguijonazo en el estómago le hizo reaccionar. ¿De quién era aquella copia? De Granacci no, le conocía bien; tampoco era de ninguno de los otros aprendices; ellos no se preocupaban tanto en los detalles de naturalidad, sólo copiaban.

Después de saborear a su gusto los celos de su maestro, Granacci habló a Ghirlandaio de Miguel Angel. ¡Ni siquiera era aprendiz de ningún pintor!

El famoso maestro sabía lo deprisa que corrían las noticias en el mundo de la pintura italiana de su siglo y guardó con mucho cuidado la copia. Algunos días después la enseñaba como obra de su taller.

Miguel Angel supo en seguida que su padre estaba enterado del asombro que había producido su copia del San Antonio; lo supo por el tono de voz con el que le llamó a su habitación.

Sus hermanos estaban allí y aunque el miedo hacía temblar sus piernas, levantó la cabeza y caminó con tranquilidad hacia su padre.

Lodovico estaba irritado pero no furioso. Si no servía para otra cosa sería pintor, sí, un hijo suyo, un vulgar artesano en la familia, pero ya que no sabía hacer otra cosa...

A pesar del desprecio y de la desgana con que su padre dio el permiso, estaba dado y eso era lo importante. Fue uno de los días más felices de su vida.

El primero de abril, Lodovico llevó a su hijo al taller de Ghirlandaio y después de firmar un contrato muy simple, Miguel Angel quedó acomodado con su nuevo maestro.

Su vida cambió radicalmente. Trabajaba mucho y deprisa. Sus trabajos eran buenos, mucho más de lo normal en un muchacho tan joven y mucho mejores que los del resto de los aprendices. Doménico se daba cuenta de ello pero no quería demostrarlo: se sentía ridículamente celoso.

En su casa nadie le hablaba más de lo necesario. Lodovico, cuando alguien le preguntaba por su hijo, decía que estaba aprendiendo un oficio y procuraba cambiar de conversación. Lo que más le dolía era la mirada de reproche de su hermano mayor y el desprecio de Buonarroto, su hermano más querido.

Todo pasaría, estaba seguro de que pasaría.

En el taller, a excepción de Granacci, nadie le hacía demasiado caso. Los demás chicos iban más retrasados que él y Doménico no le daba clases ni atenciones especiales; por ello perdía mucho tiempo en esperar a que los otros aprendices se pusieran a su altura. Acababan con su paciencia. A veces su irritación era tan grande que les gritaba metiéndoles prisa y, lleno de rabia, les criticaba los dibujos con tanta sinceridad y tanta rudeza que hacía daño.

Sus compañeros no le querían; le creían un pedante. Sí, dibujaba muy bien, tan bien o mejor que el maestro, pero eso no le daba derecho a ofender.

Miguel Angel se daba cuenta de que su temperamento y su impaciencia le hacían odioso a los demás, pero no podía remediarlo. Había sido tan difícil para él conseguir lo que ahora tenía, que lo único que deseaba era aprovechar el tiempo todo lo posible; como si, de repente todo fuese mentira y de nuevo se encontrase en las clases de Francesco de Urbino.

Todo el mundo en el taller decía lo mismo de él.

—¡Es terrible!

Para Granacci, su carácter era dulce y cariñoso. En algunas ocasiones su voz se subía de tono. Después de un rato le pedía perdón y le regalaba dibujos o le ayudaba a corregir los suyos.

Pasaba el tiempo. Miguel Angel adelantaba tanto en sus estudios que Ghirlandaio estaba asombrado y tenía miedo. Ya no sólo copiaba las pinturas antiguas tan perfectamente que se confundían con el modelo, sino que sus dibujos del natural tenían un estilo nuevo y completamente distinto a lo que hasta entonces se había hecho.

El muchacho se sentía feliz. Su vigor era inagotable. Sus rachas de mal humor y sus críticas se hacían más duras a medida que su impaciencia le aguijoneaba.

La escultura no tenía entonces en Florencia el mismo nivel que la pintura. Había grandes y famosos pintores, pero, desde Donatello, la escultura no había vuelto a ser nada importante.

Lorenzo de Médicis, Lorenzo el Magnífico, príncipe de Florencia y primera autoridad, había decidido crear una escuela de escultores que diera a la república los artistas que levantarían su nombre de nuevo; encargó de formar esta escuela a Bertoldo.

Bertoldo era un viejo maestro escultor que había sido discípulo de Donatello, y aunque su mano, cansada ya, no podía manejar con firmeza el escoplo, sus conocimientos eran perfectos para la formación de la nueva escuela.

El viejo escultor fue al taller de Ghirlandaio y le pidió que seleccionara entre sus alumnos a aquellos que, siendo los más adelantados, tuviesen dotes para la escultura.

Los aprendices contuvieron la respiración. Era una gran oportunidad.

Doménico paseó la mirada por su gran taller y fue nombrando a los mejores. Al llegar a su terrible alumno se quedó pensando. Tal vez si le daba aquella ocasión, Miguel Angel se pusiera por encima de él en un año; honradamente se lo merecía, sin ninguna duda era el más adelantado de todos. Probablemente, si se lo quitaba de encima podría vivir tranquilo; además Bertoldo los quería para escultores, no para pintores. Si Miguel Angel seguía por la escultura su nombre estaba salvado.

Miguel Angel fue seleccionado y también lo fue su amigo Granacci.

Con Bertoldo comenzaron por aprender a cortar la piedra y a manejar los cinceles, los mazos, el escoplo y otros útiles del noble arte de la escultura.

De nuevo hubo disgustos en casa de Lodovico. Ahora decía que su hijo era cantero.

Bertoldo los llevaba por la ciudad a copiar las estatuas que la adornaban, a estudiar sus estilos y a aprender a admirarlas.

El jardín de Lorenzo estaba lleno de las estatuas más antiguas y de más valor que el príncipe atesoraba. Algunas de ellas las quería para adornar el interior del palacio y por eso un grupo de hombres las limpiaban y reparaban.

Bertoldo llevó a sus discípulos al jardín de los Médicis a copiar del antiguo la gracia y la técnica.

Miguel Angel se acercó a los escultores y canteros que trabajaban en el jardín. Los miró durante un buen rato y después les pidió que le regalasen un trozo de mármol que ellos acababan de desechar. Cuando lo tuvo se retiró a un lugar tranquilo del jardín y comenzó a tallar una cabeza que representaba a un viejo fauno con una sonrisa burlesca que dejaba ver los dientes de piedra. Estaba amocionado. La había terminado en seguida y se sentía orgulloso de ella. Empezó a pulirla. Una oleada de sangre caliente le bañaba. De pronto, una voz amable le dejó inmóvil.

—Has tallado la cabeza de un viejo y le has puesto todos los dientes. ¿No sabes que a los viejos les suele faltar alguno? Levantó la cabeza. El Magnífico Lorenzo estaba ante él. Le miraba con simpatía y su cara se iluminaba con una sonrisa triste. Miguel Angel sintió frío. ¡Lorenzo estaba ante él! ¡Ante él! Lorenzo dejó de mirarle y continuó su paseo.

De nuevo sintió Miguel Angel el pinchazo de su orgullo. Cogió los cinceles y saltó un diente de la mandíbula superior de la cabeza del fauno. Cuando quedó a su gusto, continuó puliéndola.

Lorenzo pasó de nuevo y se detuvo. Miguel Angel se quedó quieto, sin atreverse a mirar al príncipe. Después de un momento de tensión, Lorenzo rió a carcajadas. Cuando se calmó dijo:

—Cuando vuelvas a tu casa, dile a tu padre que quiero hablarle.

Camino de su casa los nervios no le dejaban vivir. Otra vez el miedo le apretaba el estómago. Granacci iba a su lado, de vez en cuando le miraba a la cara.

Al llegar a la puerta la expresión de su cara era tan extraña que Granacci subió con él. Esperaba una voz tímida, una mirada baja, pero en el momento de estar delante de Lodovico, Miguel Angel levantó la frente, miró a su padre con respeto y dio el recado de Lorenzo con voz firme.

Lodovico se llevó las manos a la cabeza. Se imaginaba lo que quería Lorenzo. Necesitaba escultores buenos. El maestro Bertoldo lo decía y también Ghirlandaio. Escultores, bonito nombre daban ahora a los canteros.

—Un escultor no es un cantero, señor.

Una y otra vez trataba Granacci de convencer al padre de su amigo. Todo era inútil; Lodovico repetía que no daría a su hijo a nadie para que, aprovechándose de sus malas inclinaciones, hiciesen de él un picapedrero.

Señor, la escultura es un noble oficio. Es un arte. Un don de Dios...

Todo era inútil contra la idea de Lodovico. Granacci no se

daba por vencido, seguía hablando, buscando en su imaginación los argumentos de más peso.

Lodovico por fin quedó en ir a ver a Lorenzo, a eso no se podía negar. Pero no dejaría jamás que su hijo...

Miguel Angel, sentado junto a la ventana, miraba los movimientos de dos hombres con capas que hablaban en la calle.

3

Lodovico inclinó la cabeza lleno de respeto frente a Lorenzo y contestó:

—Señor, no sólo Miguel Angel, sino todo lo nuestro, nosotros mismos, nuestras vidas y cuanto valemos está a vuestra disposición.

—¿Qué deseáis para vos?

El honrado ciudadano dudaba.

—Nunca he ejercido ningún arte. He vivido siempre de mi trabajo y de las modestas rentas que me han proporcionado las tierras que heredé de mis antepasados y que he tenido que cuidar para que dieran fruto.

Lorenzo comprendió que aquel hombre estaba aturdido y que al acudir a su llamada no había pensado que le ofreciera algo.

—Pensadlo bien y ved si hay algo que os gustase obtener de Florencia. No dudéis en acudir a mí. Deseo seros útil en todo aquello que pueda.

Lodovico volvió a casa con el corazón lleno de orgullo. El Magnífico le había pedido a su hijo para que se criase y educase entre los suyos. Por fin aquel hijo que sólo le había dado disgustos, le daba una satisfacción.

Cuando llegó, contó lo que le había sucedido y mandó a Miguel Angel que se preparase para ir al palacio. Éste creía estar soñando. El hermoso palacio de los Médicis sería ahora su casa.

Cuando llegaron, Lorenzo los recibió con su sonrisa triste. Habló un rato con Lodovico sobre sus planes para con el muchacho y cuando su padre se despidió y salió del palacio, Miguel Angel sintió que la timidez y el respeto lo dejaban sin respiración.

Lorenzo pasó un brazo sobre sus hombros y lo condujo a través de hermosos pasillos y amplias galerías hasta la parte

más íntima de la gran casa. Lo presentó a su familia, dio orden a los criados de que fuese considerado y obedecido como a uno de sus hijos y luego le enseñó la habitación que le había destinado. Era una de las mejores del palacio y tenía todas las comodidades posibles en aquella época.

Durante los días siguientes le compró trajes y adornos propios de un príncipe y mandó traer todo lo que pudiese necesitar para su arte.

Miguel Angel no se explicaba cómo su protector había podido enterarse hasta de sus más escondidos deseos. Le asombró que le regalase una capa color violeta que deseaba desde hacía años. No soñaba, había comenzado su nueva vida.

A Lorenzo le gustaba rodearse de los hombres más inteligentes de Italia y no era extraño encontrar en el palacio filósofos, pensadores, poetas y artistas que amenizaban las comidas y las veladas con su cultura y su personalidad. Miguel Angel tomaba parte en estas reuniones y escuchaba en silencio procurando que nada se le escapase.

Todas las horas del día las tenía ocupadas y para distraerse un poco paseaba o jugaba con los hijos de Lorenzo. Luego se volvía a la biblioteca en donde hablaba con sus ocasionales maestros, discutía ideas, escuchaba lecciones y aprendía versos; sobre todo, bebía ansiosamente la cultura de aquellos hombres.

Las obras de Dante le inspiraban; hacían llegar a su alma la emoción y el miedo que transmitían sus terribles poemas. A veces se pasaba las noches enteras leyendo y no se daba cuenta hasta que el sol llenaba su cuarto. Le fascinaba.

Ya había estudiado al autor florentino en la escuela de Francesco de Urbino, pero en el palacio de Lorenzo acabó por aprender sus obras casi de memoria.

Se sentaba a la mesa junto a su protector y escuchaba las ideas clásicas de la cultura griega por medio de los mejores estudiosos y escritores del tema.

El arte es la representación de la belleza. ¿Qué es la belleza? Cada uno de los amigos del Príncipe daba su opinión, defendía sus teorías y explicaba el por qué de sus ideas. En silencio, Miguel Angel iba creando su propia idea de la belleza.

La máxima creación de Dios es el hombre. El hombre está hecho a semejanza de Dios mismo; luego el hombre es lo más perfecto sobre la tierra. Lo más bello.

En aquellos días se decidió Miguel Angel a tratar solamente la figura humana en todas sus obras.

Seguía estudiando y trabajando en los pequeños encargos que le hacía Lorenzo. A veces el Príncipe lo llamaba a la biblioteca y le enseñaba medallas y vasos tallados o piedras preciosas de gran valor engarzadas con mucho arte. Lorenzo disfrutaba con el entusiasmo que su nuevo hijo no podía contener.

El preceptor de los hijos de Lorenzo era Angelo Poliziano; éste era un hombre de gran cultura clásica que había alcanzado mucho nombre con sus poemas. Vivía en palacio, en donde su afilada figura tomaba una calmada elegancia. A Poliziano le era simpático aquel muchacho moreno y trabajador que su señor había llevado a casa; sobre todo le gustaba su afán de aprender.

Un día, reunidos los hijos de Lorenzo con su preceptor, Poliziano les contó una fábula en la que unos jóvenes luchaban contra un centauro para rescatar a una muchacha. Preguntó a cada uno de sus discípulos cómo se imaginaban la batalla y después de haber oído a todos, se volvió a Miguel Angel y le pidió que representase en un relieve la escena que había descrito.

Se puso a la tarea con todo su entusiasmo. Luchó con todas sus fuerzas contra las dificultades que el tema ofrecía y al final, y antes de lo que todos esperaban, la obra quedó terminada.

Poliziano se quedó mudo de asombro. Un muchacho, apenas un aprendiz, era capaz de solucionar aquella colección de escorzos, podía crear algo tan natural en un trozo de piedra.

Lorenzo mandó que aquel bajorrelieve fuese llevado a casa de Lodovico.

El padre seguía orgulloso los progresos de Miguel Angel y contaba a sus conocidos cómo vivía su hijo en el palacio de los Médicis: en donde el Magnífico, no sólo lo trataba como a un hijo dándole estudios y buenas amistades, sino que además hacía que se le entregasen cinco ducados al mes para sus gastos. Su hijo era escultor.

Cuando Lodovico recibió la batalla de los centauros se decidió a pedir a Lorenzo algo que deseaba y que no se había atrevido a solicitar. Hacía unos días que se había producido una vacante en un cargo de las aduanas. Era un puesto que sólo podía ocupar un ciudadano florentino. Fue al palacio y después de ver a su hijo y llenarle de recomendaciones, fue recibido por el Príncipe.

—Yo, Lorenzo, no sé más que leer y escribir. Habiendo muerto el piloto de Marco Pucci, de las aduanas, me gustaría ser nombrado para ese cargo, pues creo que podría atenderlo convenientemente.

Lorenzo sonrió; pensó un momento y luego dijo:

—No saldréis nunca de pobre. Si queréis ocupar el puesto que ofrece Marco, podéis hacerlo mientras queda vacante otro mejor.

El padre de Miguel Angel agradeció al Príncipe su gentileza y buscó palabras para expresar su satisfacción por el trato que daba a su hijo. El Magnífico comentó las grandes cualidades del muchacho y despidió al padre con su acostumbrada amabilidad.

Lodovico volvió a su casa contento. El puesto estaba pagado con ocho coronas al mes.

4

El grupo de jóvenes que Lorenzo protegía solían salir a copiar los frescos de las capillas de Florencia.

Un día, Miguel Angel fue con otros chicos a copiar los frescos que decoraban la capilla Brancacci del Carmen. Eran obras de Masaccio, uno de los mejores pintores de su tiempo...

Entre los aprendices estaba Piero Torrigiano. Era un muchacho grande como un gigante. Pertenecía a una familia de artistas muy apreciados en toda Italia y eso le abría muchas puertas y le hacía figurar entre los mejores, sin serlo. Era lento en todo, hasta en sus dibujos, y pesado de andares y de cabeza.

Empezaron a copiar lo que el maestro, que les acompañaba, les señaló. Miguel Angel, con su destreza de siempre, acabó en seguida. Miró varias veces su obra; estaba perfecta, igual que el modelo. No podía hacer nada más que esperar.

Al cabo de un momento sus nervios no le dejaban estar sentado. Se levantó y empezó a pasearse mirando los trabajos de sus compañeros. ¡Si apenas habían empezado! El tiempo que tenía que perder por culpa de la calma de los demás le parecía un robo. Lo mejor era no pensarlo y procurar distraerse.

Miraba a sus compañeros y de vez en cuando les daba algún consejo o les hacía ver alguna falta en sus trabajos. Casi todos aceptaban esta ayuda complacidos, pensando que era un maestro, joven pero maestro, el que les aconsejaba. Otros chicos, sin embargo, se sentían ofendidos por su intromisión.

Cuando llegó delante de Piero Torrigiano se quedó asombrado. Iba tan lento y tan mal que casi no era reconocible el esbozo.

—Si eres rápido en el esbozo, podrás captar mejor el movimiento de las figuras. Al tardar tanto, tú mismo las vicias en tu imaginación y ya no las ves.

—¿Por qué no te metes en lo que te importa?

Miguel Angel sintió que la rabia lo invadía. Todas su impaciencia contenida se unió a su orgullo y buscó la forma de burlarse de su enorme compañero. Le echó en cara su falta de destreza, su lentitud y acabó riéndose de sus dibujos, recordando sus defectos en voz alta y entre carcajadas.

Los demás chicos habían dejado sus trabajos y asistían en silencio al ataque de rabia y vanidad de su genial compañero.

—¡Es terrible!

Mientras tanto Miguel Angel seguía encontrando las palabras que más podían dañar a Piero, sin apenas buscarlas. De pronto, el gigantón no pudo aguantar más y disparó el puño contra la cara de su fiero compañero. Notó cómo la nariz de Miguel Angel cedía como si fuese de mantequilla: él mismo se quedó asustado de su fuerza. Miguel Angel cayó al suelo sin sentido.

Los otros chicos tardaron un momento en reaccionar y luego intentaron despertar a su compañero. Era inútil. Debía ser algo más grave de lo que parecía. Lo cogieron entre dos o tres y lo llevaron al palacio.

Cuando despertó estaba en su cama en el palacio de Médicis. Lorenzo estaba allí y también su médico. Hablaban entre ellos en voz baja. Él quería saber.

—¿Qué pasa? ¿Es algo grave?

Lorenzo iba a hablar pero el médico se adelantó.

24

—El bruto te ha roto la nariz. No es nada grave. Sólo que te quedará la señal para toda la vida.

Cerró los ojos. Realmente se lo merecía por no saber controlarse. Había que mirar siempre con quién se trataba y medir las fuerzas de cada uno. Su impaciencia le había costado cara. En adelante procuraría no ser temerario, sino prudente. Había que dar tiempo a todo y no querer correr demasiado. A veces, por querer adelantar más, se atrasa. Aquel estúpido gigantón... no, su orgullo, su prisa, su vanidad, sus burlas. Aquello había tenido la culpa.

Lorenzo le ayudó a beber agua levantándolo un poco. Luego le arregló la almohada y lo recostó con una caricia sobre la frente.

Lorenzo. Él sí que era bueno y cariñoso. Lo comprendía y lo animaba continuamente. Seguía pensando pero le estaba entrando sueño, un sueño pesado y dulce. Seguramente el agua llevaba un somnífero para hacerle descansar.

El sueño venció sus pensamientos.

Cuando despertó todo le parecía una pesadilla. Le dolía toda la cara, pero se encontraba bien y se levantó de la cama. Se acercó al espejo con ansia. Su cara deformada le pareció la de un desconocido; la nariz aplastada, como la de un luchador, rompía la armonía de su noble perfil toscano. Él, que admiraba la belleza más que a nada; él, que estudiaba los rasgos de la figura humana como la ciencia más importante, estaba condenado, de por vida, a poseer una desastrosa fealdad. Se cubrió la cara con las manos y estuvo un rato pensando, buscando en su interior la voz de Dios que le hiciese aceptar su nueva cara.

Poco después volvía a sus estudios y a sus trabajos. Su humor era distinto. Apenas hablaba con nadie e ignoraba a sus compañeros para evitar comentarios y riñas. En sus trabajos acababa antes que nadie, como siempre, pero ahora se sentaba en un rincón a esperar. Pensaba en las distintas posturas que tenían sus compañeros, haciendo, como hacían, el mismo trabajo. Estudiaba sus expresiones y gestos. Así intentaba distraer su impaciencia.

25

En las noches de verano, Lorenzo le hacía salir con los demás chicos. Quería que se divirtiese. Paseaban por las calles céntricas de la ciudad y se reunían en las plazas para hablar de arte, gastarse bromas y contar cuentos. A veces recitaban sonetos compuestos por ellos mismos.

Miguel Angel iba con ellos y los escuchaba pero rara vez tomaba parte en los juegos o en las conversaciones. Cuando hablaba lo hacía con cuidado de que ninguna de sus palabras diese pie para desatar su terrible furia.

Así pasaron los tres mejores años de su vida. De pronto todo se volvió negro.

El 8 de abril de 1492, Lorenzo de Médicis, que estaba enfermo, pidió confesión. Miguel Angel, al enterarse, salió disparado hacia la habitación del Príncipe. No le dejaban pasar, pero su furia desatada le abrió camino entre los cortesanos y en un momento estuvo dentro.

No se atrevía a acercarse a la cama. Un sacerdote estaba junto a Lorenzo. Estaba confesando.

Se quedó en un rincón. El corazón parecía querer salírsele del pecho. Apenas podía respirar.

Lorenzo llamó a sus hijos y a sus demás familiares. Miguel Angel seguía temblando en su rincón. El Príncipe pasó su mirada cansada alrededor de la cama y con voz forzada llamó:

—¡Miguel Angel!

El muchacho se acercó casi corriendo. No se había atrevido a mezclarse con la familia, pero Lorenzo lo llamaba.

Despacio, con voz dulce pero firme, el Magnífico se despidió de cada uno de los que rodeaban la cama. Dio un consejo y una palabra de consuelo a sus hijos y luego se volvió al joven escultor.

—Cuídate de todos y sé fiel contigo mismo, hijo. Vales demasiado.

Miró a todos de nuevo y cerró los ojos. El llanto de una de las niñas, hija del Príncipe, rompió la tensión. Algunos se arrodillaron y otros llorando se abrazaban.

Miguel Angel salió corriendo del palacio. Cruzó las calles

sin ver y entró en casa de su padre sin darse cuenta. Subió a su dormitorio y se tiró sobre la cama. Ya no podía más y rompió a llorar.

Todo en el mundo seguía rodando. En España se hacían los preparativos para el viaje de un soñador llamado Colón. En Florencia, para un hombre de diecisiete años, la Tierra había dejado de existir.

5

Lodovico y sus tres hijos menores ya no sabían qué hacer para ayudar a Miguel Angel a salir de su melancolía; no quería hacer nada. Piero, el hijo mayor de Lorenzo, había ocupado el puesto de su padre, pero no se acordaba para nada del escultor ni de su arte.

La apatía llenaba por completo al joven artista. A veces Buonarroto le contaba algún chisme gracioso de la ciudad, pero no conseguía siquiera arrancarle una sonrisa. Se sentía vacío; había perdido el apoyo que lo sostenía y notaba que le faltaba el aire. Uno a uno pasaban los días felices por su memoria, pero siempre acababan sus recuerdos en el día fatal en que Lorenzo dejó de existir. Recordaba los ojos cansados de su protector y su voz triste al dirigirse a todos; cuando llegó a él, su mirada se dulcificó o así le pareció al menos.

¿Qué le había dicho? Repasaba las palabras y buscaba todo su sentido. Fiel a sí mismo; sí, fiel a su trabajo, a todo lo que Lorenzo le había enseñado. No podía perder tiempo; no era eso lo que había aprendido con el Príncipe; tenía que hacer algo, buscarse hasta saber lo que debía hacer. Cuanto más tarde, peor. Tenía que ser en seguida.

Se procuró un buen bloque de piedra y comenzó a esculpir

una estatua de Hércules. Era una estatua de gran tamaño que le tuvo ocupado durante mucho tiempo.

Poco a poco se iba sintiendo seguro. La pena iba dando paso a la resignación y la ilusión por el trabajo le llenaba por completo.

El día 20 de enero de 1494, la ciudad amaneció cubierta de nieve.

En el palacio de los Médicis, su nuevo señor, Piero, se asomó al mirador y contempló el patio blanco. Recordó sus juegos, cuando la nieve, tan extraña en Florencia, era el mejor regalo para los niños. Sentía ahora una gran tentación de bajar al patio y hacer un muñeco, pero ya era el gobernador y no podía ponerse a jugar. Siguió recordando su niñez y de pronto una figura vino a su mente: Miguel Angel.

Era siempre el más mañoso; no sólo en los dibujos y en las esculturas, sino también en otras muchas cosas, como arreglar los juguetes a sus hermanas. Sí, Miguel Angel habría hecho un hermoso muñeco de nieve. Y, ¿por qué no? Le llamaría y le encargaría que hiciese una figura en el patio. No podía negarse, era casi de la familia; además, él era ahora el Príncipe. No, Miguel Angel no podía negarse.

Le mandó llamar y durante unas horas la familia Médicis disfrutó viendo alzarse en el patio una gran figura de nieve. Cuando terminó, Piero le llamó ante sí.

La entrada del que fue su hermano durante algunos años lo llenó de melancolía. En algunas ocasiones había sentido celos, sobre todo cuando su padre prestaba más atención al escultor que a él, su propio hijo. Ya todo estaba olvidado. Lorenzo era un admirador del saber y la cultura y aquel muchacho moreno había sido siempre más listo y despierto que él. Tenía que reconocerlo.

Después de preguntarle por su familia y sus estudios le rogó que se quedase de nuevo en palacio. Así, Miguel Angel ocupó otra vez la que fuera su habitación en vida de Lorenzo.

Era tratado por todos con gentileza y amabilidad, pero faltaba la comprensión del Magnífico. Ya no era como antes. No había en el palacio el mismo ambiente. Piero prefería las carreras de caballos y los juegos, a la cultura y el trabajo. Por todo esto, Miguel Angel aprovechó esta temporada para estudiar anatomía.

Tenía un amigo para el que había tallado un crucifijo casi de tamaño natural. Este amigo, el prior del hospital de los agustinos del Espíritu Santo, en agradecimiento por su regalo, le dejaba estudiar anatomía en una de las salas del hospital. En estos estudios le ayudaba el eminente cirujano de la época Realdo Colombo.

Piero de Médicis se comportaba como un verdadero tirano con su pueblo. Sus dudas de los primeros tiempos se habían convertido en la idea de que él era el dueño y señor y todos tenían que obedecer. Toda Florencia estaba descontenta y recelosa. Por otra parte, el amenazador ejército de Carlos VIII estaba cerca.

Un joven músico, que había sido protegido de Lorenzo, tuvo un sueño en el que veía caer a Florencia y a Piero salir precipitadamente.

El músico, que se llamaba Cardiere, contó a Miguel Angel su sueño. El escultor le escuchaba en silencio. No era extraño que todo ocurriese de aquella manera. Piero se lo venía buscando desde hacía tiempo. No comentó nada, la experiencia le hacía ser precavido y no fiarse de nadie.

—Debes decírselo a Piero.

El músico tenía miedo a la tiranía del Príncipe.

—¿Tú crees?

—Pienso que si no se lo dices, no te quedarás a gusto con tu conciencia. El hijo de Lorenzo merece que nos arriesguemos a sus iras; al menos lo merece la venerada memoria de su padre.

Pidieron audiencia y, una vez delante del Príncipe, Cardiere le contó sus sueños. Piero dio suelta a sus burlas y estalló en maldiciones y gritos contra el pobre músico que, rojo hasta las orejas, abandonó la sala.

Miguel Angel vio que todo era inútil y salió tras Cardiere.

Iba pensando que Piero se había buscado lo que se le venía encima.

Los Médicis tendrían que salir de Florencia si no querían morir a manos de la ciudad oprimida. El pueblo odiaba a la familia de Lorenzo y a sus hombres de confianza; hasta los cortesanos tendrían que salir huyendo: el pueblo no perdonaría a nadie. Sintió miedo: él era como un Médicis más. Toda Florencia le consideraba amigo de la familia. Si venía la catástrofe, también le pillaría. Tenía que marcharse antes de que todo estallara. Si Piero no quería verlo, él si lo veía. Recordaba que Lorenzo le había recomendado que se cuidase.

Volvía despacio hacia su casa. Tenía que dejar sola a su familia. Pero si se quedaba, no sólo tomarían venganza en él, sino también en su padre y en sus hermanos. Marchándose, nadie relacionaría a Lodovico y a sus tres hijos pequeños con los Médicis. Prepararía su viaje. Era un viaje peligroso. Las carreteras, llenas de bandoleros, no hacían seguro ningún viaje. Y menos para un joven de diecinueve años. Pero tenía que hacerlo. Peor era quedarse en Florencia.

Durante los siguientes días preparó todo. Iría a Venecia. En el palacio había oído decir a dos compañeros suyos que querían irse, temiendo también por sus vidas. Se pusieron de acuerdo. Viajando tres, todo sería más fácil.

Se despidió de su padre y de sus hermanos con verdadera pena. Les aconsejó sobre todo que no se metieran en nada, pasase lo que pasase.

—Os escribiré en cuento me quede fijo en algún sitio. Haré todo lo posible por ayudaros, si lo necesitáis.

Una mañana, muy temprano, los tres jóvenes salieron de Florencia con muy poco equipaje y un afán de aventura que sólo se nublaba con la pena de dejar su querida ciudad. Pasaron por Bolonia y llegaron a Venecia.

Recorrieron la ciudad y visitaron a algunos conocidos y a señores importantes que, de una manera u otra, eran los únicos que podían darles trabajo. Todo fue inútil. En Venecia había demasiados artistas para que nadie hiciese un encargo a un joven desconocido y extranjero.

Los días pasaban y el dinero que llevaban los tres artistas se estaba acabando. Pensándolo bien, no podían hacer nada sin dinero. Lo mejor era volver a Florencia con el poco que aún quedaba.

Se pusieron en camino y tuvieron que parar en Bolonia para comer y descansar un poco. De pronto, al pasar por la aduana, los detuvieron.

—A ver, el sello.

—¿Qué sello?

—¿No sabéis que el gobernador ha dispuesto que todo extranjero que llegue a Bolonia ha de llevar un sello de cera sobre la uña del dedo pulgar de la mano derecha?

Los tres compañeros se miraron. Ellos no tenían ni idea de eso. Los llevaron ante el juez.

En la enorme sala hacía frío. Al menos Miguel Angel lo tenía. El juez los miró despacio uno a uno.

—¿Quiénes sois?

Como ninguno contestaba Miguel Angel se adelantó y dio el nombre de sus dos amigos y el suyo.

—¿Dónde vais?

—Estamos de paso hacia Florencia.

—Pues, ¿no sois florentinos?

—Sí.

—¿De dónde venís?

—De Venecia.

El juez desconfiaba. Los tiempos estaban llenos de espías y traidores.

—¿Qué hacíais en Venecia?

—Buscábamos trabajo.

—Hablad más, explicaos del todo. ¿Qué clase de trabajo?

—Somos escultores. Íbamos en busca de abrirnos camino con nuestro arte en Venecia.

El juez lo miró socarronamente.

—¿No se llenan la boca los florentinos de decir que ellos

son los mejores en el arte? ¿Cómo no hay trabajo en Florencia?

Miguel Angel le mandó una mirada fulminante. No quería decir que habían huido. No sabía cómo reaccionaría el boloñés.

—¡Contestad! ¿Por qué salisteis de Florencia?

Ya iba Miguel Angel a dar rienda suelta a su furia, cuando un noble ciudadano de cuidado aspecto se acercó.

—Esperad. ¿Habéis dicho que sois escultor?

Tragó algo que tenía en la garganta y que no le dejaba respirar.

—Sí.

El hombre se volvió y habló unas palabras con el juez.

Ni Miguel Angel ni sus dos amigos se habían fijado en el hombre cuando entraron en la sala del juez. Ahora, al hacer memoria, recordaban haberlo visto de refilón. El noble preguntaba ahora:

—¿Cuál es la pena?

—Una multa o la cárcel.

Contaron el dinero que reunían entre los tres. No llegaba ni para la mitad de la cantidad estipulada. No quedaba más que la cárcel.

—No podemos pagar la multa. Haced lo que debáis.

El juez estaba ofendido con el orgullo del joven florentino.

—Por supuesto que haré lo que deba sin pediros para ello autorización.

—Un momento.

De nuevo el noble se adelantaba a sus furias.

—Dejadlos ir.

—No puede ser. Las leyes son las leyes, no puedo hacer pasar lo blanco por negro sólo porque un ciudadano boloñés lo diga. Mi obligación...

—Soy Gianfrancesco Aldovrandi.

Su nombre pareció poner en orden los papeles.

—Señor, yo no podía saber...

—Bien está. Vosotros quedáis en libertad. Podéis marchar cuando queráis.

—Cuando ya salían de la sala, Aldovrandi detuvo a Miguel Angel.

—¿Quieres trabajo?

—Sí.

—Ven a casa esta noche. Hablaremos más despacio.

Miguel Angel miró a sus amigos. Aldovrandi comprendió que se preocupaba por ellos.

—Que se queden si quieren. Yo sólo tengo trabajo para tí.

Miguel Angel habló con ellos. Estaban demasiado asustados y querían volver. Se despidieron y antes de que se fueran les encargó que fuesen a su padre y le contasen lo que había pasado. Luego buscó en sus bolsillos y les dio el dinero que le quedaba. Era arriesgado quedarse sin nada, pero ellos lo necesitaban y además confiaba en la mirada sincera del noble boloñés.

Aldovrandi lo llevó a su casa y le pidió que se hospedase en ella. Insistió mucho pero no hacía falta, Miguel Angel no tenía otra alternativa; sin dinero y sin ningún conocido, sólo podía aceptar.

El noble lo sentó a su mesa y cenaron juntos mientras hablaban de escultura, del ambiente artístico de Florencia y de Bolonia y por fin de política. Aldovrandi comprendió los motivos que su joven huésped había tenido para salir de su ciudad.

—No os preocupéis por nada. Aquí en mi casa podéis quedaros el tiempo que queráis. Tengo algún trabajo que puedo encargaros. Ya os hablé de ello en el juzgado. Mañana lo trataremos.

Miguel Angel había notado el cambio que Gianfrancesco Aldovrandi había dado desde que él, al contarle su historia, le había hablado de su amistad con los Médicis. Ahora lo llamaba de vos y recordaba que delante del juez lo había tratado de tú.

—Os ruego señor, que no me tratéis de vos. Me hace sentirme más incómodo. Las personas que me aprecian y que me favorecen del modo que vos lo hacéis, me han dado siempre el tú que me pone más en mi lugar.

El boloñés lo miró satisfecho. Había mucha sinceridad en las palabras humildes de su joven amigo. Sin embargo, recordaba el orgullo y el brillo de sus ojos delante del juez. Era sin duda un gran carácter en formación.

Después de la cena pasaron a otra habitación en donde el noble acostumbraba a tomar algún licor en tanto leía a los poetas clásicos. Miguel Angel aceptó una copa. No le gustaba beber, pero Lorenzo le había acostumbrado al sabor de todos los vinos y licores para que no hiciese el ridículo en ningún sitio. Si ahora despreciaba el licor que Aldovrandi le ofrecía, el noble podía ofenderse.

Se sentó enfrente de él y el boloñés se acercó a su librería y pregunto:

—¿Qué prefieres? Petrarca, Boccacio o Dante.

—Si vais a fiaros de mi gusto, os diré que sobre todos prefiero a Dante.

Aldovrandi volvió a sentarse y tendió un libro a su amigo.

—Lee por donde quieras.

Miguel Angel abrió el libro y comenzó a leer en voz alta. Desde las primeras líneas que llegaron a sus ojos, tan conocidas, tan llenas de recuerdos, la emoción hacía vibrar su voz de una manera especial. Se sabía de memoria todos los versos y en algunas ocasiones dejaba perder la mirada por la rica alfombra del salón mientras seguía recitando.

El dueño de la casa estaba maravillado. Aquel chico era un pozo sin fondo. A cada paso se descubría en él a un genial artista. No sólo en lo referente a su oficio de escultor, sino en las demás artes. Leía a Dante viviéndolo. Cada verso tenía una entonación distinta y la perfecta pronunciación toscana unida a la belleza de su voz hacía que, para Aldovrandi, Dante fuese otro. Un maravilloso poeta que nunca antes había descubierto.

Pasados algunos días, el noble boloñés, haciendo uso de su

poder, consiguió que se encargase a Miguel Angel acabar la tumba de San Doménico. El trabajo consistía en terminar unas estatuas que otro escultor había abandonado, y hacer una figura que faltaba.

Miguel Angel talló un ángel arrodillado sosteniendo un candelabro. Mientras duró este trabajo seguía en casa de Aldovrandi y éste se sentía más que pagado en su interés por el muchacho cuando, después de cenar, el florentino llenaba el salón con la emoción de la lectura.

Terminado el trabajo, el noble procuró encontrar otro

encargo para su amigo. Pero el ánimo de Bolonia estaba contra su protegido.

Un escultor boloñés que había conservado la esperanza de ser él quien acabase la tumba de San Doménico, levantó a todos los escultores de la ciudad y amenazaron a Miguel Angel con matarlo si no salía de Bolonia y dejaba el trabajo de la ciudad para los artistas nativos. Miguel Angel se lo contó a su noble amigo.

—¿Es posible? ¡Los muy miserables! Han visto tus obras y los celos les roen el alma. Yo haré que se traguen su amenaza.

Miguel Angel lo miró con agradecimiento.

—Dejadlo estar, señor. Creo que tienen razón. El trabajo de la ciudad ha de ser para ellos. Yo no debo robarles el pan.

Tragó sus tristezas y continuó:

—Sé por las cartas de mi padre que Florencia está tranquila. Todo ha pasado ya. Volveré.

Aldovrandi agachó la cabeza y caminó hacia la ventana.

—Te he tomado cariño como a un hijo que siempre deseé. Admiro tu arte, pues veo en él la mano de Dios. Pero no soy egoísta. Debes hacer lo que tu corazón te dicte. Te daré el dinero que necesites y vuelve cuando quieras a tu Florencia.

—Os escribiré.

—Ya sabes dónde tienes una casa y un padre en Bolonia.

Su voz sonó muy baja.

—Gracias, señor.

6

Miguel Angel llegó a Florencia. Era el año 1495. Tras la expulsión de los Médicis, había
renacido la calma. Ahora era otra vez una república.

La gobernaba un monje de palabras certeras e ideas terribles; cuando hablaba al pueblo de los castigos de Dios, sus
relatos eran escalofriantes. La gente salía del lugar tiritando y
sin querer mirarse los unos a los otros. Había convertido la
Florencia alegre e irresponsable de los Médicis en un lugar de
sacrificio y oración. Se llamaba Savonarola.

Miguel Angel se dio cuenta en seguida de que muchas de
las cosas que decía estaban llenas de razón; lo único malo era
que exageraba o intentaba sacar partido político de sus ideas.

En casa del escultor, su padre estaba asustado. Con la caí-
da de los Médicis había perdido el puesto que Lorenzo le diera
en las aduanas; ahora sólo podía malvivir de las rentas y sus
hijos eran aún muy pequeños para tener un trabajo producti-
vo. El mayor, Lionardo, ya era fraile.

Miguel Angel se hizo cargo de la situación; entregó a su
padre el dinero que había ahorrado durante su estancia en
Bolonia, pero comprendía que no era demasiado; pronto se
acabaría y había que ganar más antes de que eso ocurriese.

Recorrió la ciudad visitando a sus conocidos. Por fin encontró alguien que podía darle algún encargo suyo o de sus amistades.

El nuevo cliente era Lorenzo de Pierfrancesco. Pertenecía a una rama lejana de los Médicis; era primo de Piero. Sus ideas políticas eran republicanas, por lo que había podido quedarse en Florencia. A pesar de su tranquila situación, prefería olvidar su apellido y cambiarlo por el de Popolari. Este Médicis le encargó una estatua de San Juan niño.

Quedó muy satisfecho de la obra y se la pagó bien; el mismo día le volvió a llamar y le hizo otro encargo.

—Quiero otra figura de niño; que represente lo que tú desees.

Miguel Angel volvió a su casa contento; con aquel nuevo dinero su padre estaría tranquilo otra temporada y además tenía trabajo.

Comenzó en seguida la estatua. Era un niño que representaba una figura pagana al estilo clásico, un Cupido dormido. Cuando Lorenzo de Pierfrancesco la vio quedó asombrado; después de un rato dijo:

—¿Necesitas dinero?

—Sabes que sí.

—Tengo una idea, conociendo tu destreza, no puede fallar.

Miguel Angel lo miró entre desconfiado y esperanzado.

—Si maltratas un poco la figura para hacerla parecer como recién desenterrada de unas excavaciones, yo te presentaré a un marchante de Roma. Podrás venderla por mucho dinero haciéndola pasar por antigua.

Realmente, la familia del Magnífico tenía ramas podridas. Menudo sinvergüenza; hacer pasar una estatua nueva por una antigua.

—Podrás obtener por ella 200 ó 250 ducados sin apretar mucho.

Era tanto dinero... Recordó en un momento la cara y los suspiros de Lodovico y la preocupación de sus hermanos; 200 ducados era tanto dinero...

—Está bien, lo haré.

—Oye, que yo lo hago por tí. Si no quieres, nada; a mí...

—Sí, me interesa. Gracias, Lorenzo.

Una vez en su casa, el escultor trató la estatua de manera que parecía realmente de la Roma antigua.

A los pocos días se presentó el marchante acompañado por el Médicis. Se presentó como Messer Baldassare del Milanese.

Miguel Angel le enseñó la estatua.

—¡Esto es fantástico! ¿Dónde la habéis conseguido? ¿Dónde ha sido encontrada?

Le hubiera sido muy fácil inventar un lugar o hablar de alguna excavación reciente; conocía algunas. También podía darle una respuesta vaga. La imagen de su padre apurado le llenaba la cabeza. Podía pedir hasta 250 ducados, pero...

El primo de Piero le hizo una seña desde el otro lado de la sala. Se dio cuenta de que estaba tardando en responder. Por fin habló desde su alma:

—Ese Cupido es una obra moderna. Ha salido de mis manos.

El marchante se le quedó mirando con los ojos desorbitados.

—¡Sin duda estáis loco! ¡Vos no podéis ser el autor de esta maravilla!

—Sí. El Cupido es mío.

El marchante se pasó la mano por la cabeza y después de un rato recuperó su actitud de comerciante.

—¿Cuánto queréis por el?

—Cien ducados.

—¡Estáis loco! ¿Cien ducados por una estatua moderna de un escultor tan joven y desconocido como vos?

Miguel Angel sintió que la ira le llenaba.

—¿Cuánto estabais dispuesto a pagar si la obra fuese realmente antigua?

El hombre tartamudeó.

—Ese no es el trato que nos ocupa.

—Sois...

Se volvió de espaldas y cruzó los brazos sobre el pecho para contener algo que se desataba en su interior. Al mismo tiempo notaba un intenso frío en todo su cuerpo. Lo sentía siempre que alguien abusaba de él y no podía hacer nada. Miró de nuevo al Milanese.

—Está bien. ¿Cuánto dáis?

—Veinte ducados.

—Cuarenta.

—Imposible. No haré el trato.

Guardó la bolsa de cuero que había sacado y fue hacia la puerta. Cuando ya la abría para salir, oyó una terrible voz que le hizo volverse.

—¡Treinta ducados!

Al volverse vio a un hombre mucho más grande que antes. Parecía que el joven escultor se había hinchado de repente. Su cara miraba muy arriba y sus ojos echaban chispas. Los brazos cruzados sobre el pecho se apretaban para no dejar salir la inmensa furia de su interior.

—E..stá bien. No os pongáis así. Os daré treinta ducados.

Sacó la bolsa de cuero. Contó el dinero y lo dejó sobre la mesa. Se acercó a la estatua. La envolvió deprisa y salió corriendo. Al pasar junto a Lorenzo de Pierfrancesco, dijo asustado:

—Ese hombre es terrible. ¡Terrible!

Y salió precipitadamente. Lorenzo se volvió a su amigo.

—Miguel Angel.

—El escultor no le oía. Al salir el marchante había cerrado los ojos y continuaba apretando su pecho con los brazos.

—Miguel Angel. ¿No me oyes?

—Sí.

Lorenzo decidió callar hasta que vio que el artista aflojaba poco a poco la tensión y se sentaba sobre su banco. Entonces se acercó a él.

—Eres un estúpido. Ves, esto te pasa por ser considerado. Para tratar con un marchante hay que ser más listo que él y eso es difícil.

El escultor seguía callado.

—¿Por qué has tenido que decirle la verdad? Has perdido un montón de ducados.

Miguel Angel suspiró como saliendo de un sueño.

—Ya me estoy acostumbrando a trabajar lleno de ilusión para luego ser estafado aprovechándose de mi impotencia.

—Si no le hubieras dicho la verdad...

Se levantó dando por terminada la conversación.

—Yo no podía engañarle. Ni siquiera a ese... bueno, a ese marchante. No sería fiel a mí mismo. Recuerda que me educó tu tío Lorenzo.

El Médicis lejano se encogió de hombros y salió del taller pensando que su tío educaba seres para otro siglo, no para vivir en el final del XV.

Cuando Messer Baldassare del Milanese llegó a Roma

vendió el Cupido dormido a un gran coleccionista de arte. Era el cardenal de S. Giorgio y se llamaba Rafaelle Riario. Pagó por él 200 ducados. El marchante le hizo creer que era antiguo.

Pasado algún tiempo, el cardenal empezó a sospechar de su compra. Sobre todo porque el marchante había hablado con algunos amigos de su último gran negocio. No estaba seguro. Sólo eran rumores, pero quería saber la verdad. Llamó a un hombre de su confianza y le mandó a investigar.

Cuando llegó el secretario del cardenal a Florencia hizo correr el bulo de que buscaba a un buen escultor para un importante trabajo en Roma. Recorrió los talleres de los escultores más afamados de la ciudad y habló con ellos.

Por fin, un día llegó a la habitación que Miguel Angel usaba como taller. Cuando el joven escultor supo quién era la persona que le visitaba, limpió un banco y le invitó a sentarse.

—Vos diréis.

Vengo de Roma. Busco a un escultor capaz de hacer un buen trabajo.

Miguel Angel guardó silencio en espera de que su visitante continuara.

—Enseñadme alguna muestra de vuestro arte.

—Llegáis en mal momento, señor, pues no tengo ahora nada terminado. Pero, esperad.

Fue hacia la mesa y volvió con papel y pluma. Se sentó frente al enviado del cardenal y dibujó con rapidez una mano que dejó maravillado al visitante. El romano lo miró con interés.

—El trabajo que puedo ofreceros es altamente importante, sobre todo pensando que la ciudad de Roma es el mejor campo en el que puede desarrollar su arte y su talento un artista genial.

Dejó pasar un rato sin hablar, pendiente sólo del efecto que su goloso relato hacía sobre el joven florentino. Luego continuó:

—¿Habéis trabajado alguna vez en mármol?

—Sí, señor.

La voz ilusionada de Miguel Angel le hacía presentir que iba por buen camino. Aún debía calentar un poco más la cabeza del escultor.

—No ignoráis que, en nuestros tiempos, los papas están poniendo gran interés e invirtiendo buenas sumas en la restauración y adorno de los palacios Vaticanos y sabéis además la protección que dan a los artistas de genio privilegiado. Aparte de los trabajos del Vaticano, hay en Roma innumerables príncipes y nobles señores que desean decorar sus palacios o enriquecer las tumbas de sus antepasados.

Después de otra pausa, siguió:

—¿Cuáles son vuestras últimas obras en mármol?

Miguel Angel habló de su trabajo en Bolonia. Su tono de voz no disimulaba su excitación. Deseaba el trabajo que el misterioso romano ofrecía.

—Vuestra obra más reciente decís que es...

—Un Cupido dormido.

El secretario del cardenal le pidió que describiese la estatua y cuando estuvo seguro de que era lo que buscaba, contó a Miguel Angel el motivo de su viaje y la estafa de la que había sido objeto el cardenal. El escultor desató su furia contra el Milanese que le había hecho una faena tan desagradable. Luego contó al enviado del cardenal cómo se había realizado su trato con el marchante.

—Todo cuanto os he contado de Roma es verdad. Si queréis venir conmigo para atestiguar con mi señor en la reclamación que presentará por el dinero estafado, él os recibirá con los brazos abiertos y os dará trabajos tan importantes que vuestro nombre dará la vuelta a Italia.

Que importaba el nombre y la fama. Lo importante era que habría mármol para su trabajo y dinero para su padre.

Preparó sus cosas y salió con el secretario hacia Roma.

7

Llegaron un sábado, en pleno verano. La ciudad eterna brillaba llena de animación. Miguel Angel lo miraba todo con ojos inseguros. Ya estaba en Roma, se cumplía otro de sus sueños, pero, como siempre, sentía miedo de que fuese sólo producto de su imaginación. Era muy cierto. Estaba en la ciudad de los papas. El Sumo Pontífice era entonces la máxima autoridad de la ciudad.

Antes de nada fueron a visitar al cardenal y Miguel Angel le entregó una carta de presentación de su amigo Lorenzo de Pierfrancesco. El cardenal se mostró muy complacido y le enseñó su colección de esculturas y otros tesoros artísticos que guardaba. Era ya tarde cuando el escultor salió del palacio del cardenal y se instaló en casa del secretario.

Pasados algunos días, entre el cardenal y el artista obligaron al Milanese a devolver los doscientos ducados al de S. Giorgio y el marchante se quedó con el Cupido. Cuando salían, Miguel Angel se acercó al Milanese y le dijo:

—Estoy dispuesto a daros los treinta ducados que me disteis si me devolvéis el Cupido. Ahora no cuento con ese dinero pero puedo conseguirlo en seguida. Vos no saldréis tan mal del asunto y yo recuperaré la estatua.

Se volvió como una fiera, hablando con los dientes apretados.

—¡Comeos vuestros cochinos ducados y aprended también a tragaros vuestro horrible carácter! ¡Os juro que antes de hacer ese trato lo estrellaría y rompería en mil pedazos! Yo lo he comprado y es mío. Tengo documentos que lo prueban y dan el asunto por cancelado satisfactoriamente. No tengo por qué devolvéroslo.

El escultor dio media vuelta y volvió a la casa en donde vivía, propiedad del secretario del cardenal.

El trabajo no llegaba. Todo lo que le habían prometido en Florencia se retrasaba. Estaba perdiendo el tiempo, que era lo que más le desesperaba, y aunque no tenía gastos, tampoco ganaba nada y las cartas de su padre eran apuradas. No podía tampoco apremiar al cardenal. Era un hombre demasiado ocupado y seguramente se había olvidado de los proyectos de los primeros días.

El barbero del palacio era muy aficionado a la pintura y, aunque era mañoso para el color, no sabía nada de dibujo. Pidió al florentino un dibujo de San Francisco. Cuanto tuvo el cartón, lo coloreó con la gracia que le había hecho popular y la pintura fue colocada en la iglesia de San Pietro en Montorio.

El hacer cartones para barberos no era lo que le había llevado a Roma. A duras penas podía contener la furia. A veces se estrellaba contra el primero que le hablaba. En algunas partes de Roma ya se oía:

—¡Es terrible!

Miguel Angel intentaba moverse por la ciudad y hacer amistades. Había conocido a un buen hombre de apellido Balducci. Trabajaba en un banco y admiraba las artes por encima de todo. Un día presentó a Miguel Angel a su jefe Jacopo Gallo.

El banquero era un hombre inteligente y fino. Su cultura

clásica comprendió en seguida el gusto del escultor. Hablaron durante mucho rato y después Gallo le encargó que tallase en su propia casa la estatua de un Baco. Quería decorar y enriquecer sus salones.

Miguel Angel se encontró frente a frente con un gran trozo de mármol. Le atraía de una manera irresistible. Deseaba abalanzarse sobre la piedra y transmitirle a golpes su vida.

Se puso enseguida con el Baco y trabajó sin descanso hasta verlo terminado. Cuando el banquero lo vio, quedó tan contento que le encargó otra figura a su gusto. Miguel Angel le habló de un trozo de mármol que había comprado con sus ahorros en el tiempo que estuvo con el cardenal y en que había empezado a esculpir un Cupido arrodillado. Lo había hecho para entretenerse, pero si a Gallo le gustaba, podía terminarlo para él. El banquero le dijo que hiciese lo que mejor le pareciera.

Terminó el Cupido, que estaba arrodillado sobre una piedra y recogía una flecha del suelo. Cuando se lo presentó a Jacopo Gallo, éste le felicitó sinceramente; estaba satisfecho. Entró en su despacho y dio al escultor una bolsa de piel.

Cuando, ya en la habitación que había alquilado, abrió la bolsa, la emoción llenó sus ojos de lágrimas; había bastante dinero, más de lo que esperaba. Calculó lo que podía necesitar para el alquiler y su escasa comida durante unos meses, y lo restante se lo envió a su padre.

Lodovico le escribió diciéndole que se cuidase y no viviera tan pobremente, pues podría arruinar su salud; pero Miguel Angel continuó con su vida solitaria y sombría. Ahora de nuevo buscaba trabajo.

El banquero Gallo solía recibir en su lujosa casa a sus amigos y allí, como era costumbre, les enseñaba sus obras de arte.

Un día le visitó el cardenal Jean de la Groslaye de Villiers François, que era abad de Saint Denis, por lo que en Italia se le conocía como el cardenal de San Dionigi. Vio la casa, restaurada recientemente, y todo el arte que allí se guardaba. Quedó impresionado, en especial, por las dos obras de Miguel

Angel. Se interesó por el autor de aquellas maravillas; pidió informes al banquero y éste se deshizo en elogios al escultor, comprometiéndose a encargarle una escultura en nombre del cardenal.

–¿Qué queréis que represente?

–Una piedad. La Virgen con su Hijo muerto en los brazos.

Buscó a Miguel Angel y se firmó el contrato. El cardenal pagaría 450 ducados por la obra si ésta se terminaba en el plazo de un año. El banquero Jacopo Gallo firmó como fiador, asegurando que la obra estaría en el plazo fijado, y que sería la más hermosa escultura en mármol que se hubiera hecho en Roma y que ningún otro maestro moderno podría mejorarla.

Después de algunos dibujos, Miguel Angel comenzó la que sería primera gran obra de su vida. Tenía 23 años.

El precioso mármol era para sus manos como barro para modelar. Trabajaba con una intensa pasión que iba subiendo de tono a medida que la obra avanzaba. No era una Piedad como las que hasta entonces se conocían, un grupo de figuras que inspiraba pena y movían a la devoción. No, aquella Piedad era el símbolo de una belleza divina, suave y tranquila. Era la dulzura que anidaba en lo más escondido del pecho del escultor y que salía por sus manos hasta el mármol.

La terminó y la pulió perfectamente, de forma que la delicada superficie recuerda más a la piel que al mármol.

En el tiempo previsto por el contrato, la escultura fue colocada en el lugar que se le había destinado: la capilla consagrada de la Madonna della Febbre, en la Basílica de San Pedro.

Miguel Angel era feliz, estaba satisfecho y, al mismo tiempo, deseaba ardientemente que le hiciesen otro encargo para lanzarse de nuevo a su mundo de sensaciones. Otra obra como aquella Piedad.

De golpe, ante aquel grupo de mármol, los artistas de toda Italia se quedaron sin respiración. Una interminable fila de gentes de todos los lugares pasaba a diario por la capilla para admirar la Piedad.

Un día, también fue Miguel Angel. Quería ver si era cierto

el desfile admirativo ante su obra o simplemente eran exageraciones de sus aduladores amigos. Se situó cerca de la escultura, pero mezclado con la gente. Ya había comprobado que era cierto lo que decían en Roma. Ahora quería oír los comentarios de los visitantes. Pasó así un rato. Nadie le conocía y lo que oía a su alrededor le estaba empezando a calar y levantaba su orgullo y su vanidad. Miró a la escultura y volvieron a él los sentimientos dulces y humildes que habían llenado su alma durante los días que había durado su trabajo.

De pronto, unas voces más claras que el murmullo general le sacaron de su éxtasis.

—¡Qué maravilla!

—¡Nunca pensé ver algo así! ¡Es perfecta!

Los miró, eran unos extranjeros. Por el acento se diría que eran lombardos.

—Y, ¿de quién dices que es esta obra?

—Es la última escultura del ilustre Cristóforo Solari, el de Milán.

—¡Ah!

Miguel Angel sintió que la sangre le llenaba la cabeza. ¡La Piedad! ¡Su Piedad! Aquel pedazo de su alma estampado en mármol era atribuido a otro escultor. Le habían pagado por la escultura y ya no era suya, pero la propiedad espiritual nadie podía quitársela. Salió de la capilla corriendo. Sentía ese frío terrible que acompañaba a su furia.

Al llegar al taller cogió unos cinceles, un mazo y unas velas; lo envolvió todo en un paño y volvió a la capilla. Esperó, consumiéndose de impaciencia, a que las horas pasasen y llegase el momento de cerrar la pesada puerta de la Basílica.

Cuando el encargado avisó a los visitantes de que se iba a cerrar y comenzó su recorrido por las diferentes capillas cerrando las puertas, Miguel Angel se escondió entre una columna y la pared. Estaba oscuro y, si no hacía ruido, el portero cerraría y le dejaría dentro. Contuvo la respiración y esperó. Al cabo de un rato la puerta se cerró tras el encargado.

Miguel Angel salió de su escondite y encendió dos velas.

Las colocó de manera que la escultura quedase bien ilumina-
da. Iba a firmarla. ¿En el zócalo de la base? No, era muy estre-
cho y no se vería bien. Tenía que escoger un lugar en donde,
sin dañar la obra, la firma se viese a la fuerza. ¡Ya estaba! En la
cinta que cruzaba el pecho de la Virgen. Se subió como pudo y
acercó las velas. Al sentirse de nuevo tan cerca, la emoción
volvió a emborracharle. Cogió un cincel y grabó en la cinta su
nombre y el de su ciudad.

Cuando terminó faltaban algunas horas para que abriera
otra vez la capilla. Hasta entonces no podía salir. Recogió sus
cosas, pero dejó las velas encendidas.

Pensaba. Estaba solo con su alma. Solo frente a su obra,
que tenía el poder de hacerle sentir culpable de un montón de
defectos. Su ira, que le estaba dando fama de terrible e intrata-
ble, le pesaba demasiado; sólo después de sentirla se daba
cuenta de que lo dominaba.

Según iba buscando en su alma, se encontraba más despre-
ciable y buceaba en su vida por disculparse ante sí mismo. Era
inútil, se seguía encontrando culpable de su carácter. Sólo al
mirar hacia su Piedad lo invadía una dulce serenidad.

En aquella extraña nube estuvo mucho rato. La luz de las
velas prestaba un misterioso marco a su alucinación.

Cuando el sol llenó la capilla, Miguel Angel reaccionó.
Apagó las velas. Borró toda huella de su estancia en la capilla
y se escondió en el mismo lugar que la noche anterior. Cuando
el portero desapareció después de abrir, el escultor salió a la
calle.

Una vez en su habitación se tumbó sobre el camastro. Se
sentía satisfecho. El trabajo estaba cumplido y el alma como
recién lavada. Sólo le faltaba para sentirse feliz que lo fuera
también su familia. Recordó a su padre. Vivía estrechamente.
Buonarroto le había visitado hacía algún tiempo para pedirle
dinero y ahora, por las cartas que recibía, sabía que no anda-
ban muy bien.

Cada vez que recibía carta de su casa se sentía deprimido y
triste y algo le espoleaba para trabajar. En realidad echaba de

menos a su familia. Desearía estar con ellos y sacudirse un poco de la melancolía que hacía de sus noches infiernos. Sentirse orgulloso de la rectitud de su padre, disfrutar con el apacible y alegre Buonarroto, las pillerías de Giovan-Simone, la inocencia de Sigismondo... Cuando estaba lejos se daba cuenta de lo mucho que los quería.

Se sentó y buscó papel y pluma. Escribió a su padre. No le contó nada de su éxito con la Piedad. Ahora sólo le interesaba saber de los suyos. Les pidió perdón por sus anteriores cartas, algunas llenas de la furia que lo dominaba y acabó su carta diciendo:

«Os enviaré todo lo que me pidáis, aunque para ello tenga que sacrificarme en lo que sea.»

Unos días más tarde recibía la contestación. Su padre se quejaba de que no había encontrado trabajo. Le contaba que Buonarroto había entrado como dependiente en un comercio de paños y se lamentaba de la mala cabeza de Giovan-Simone que seguía haciendo el vago por la ciudad.

Miguel Angel vivía miserablemente, pero ahora tenía dinero. Lo importante era su familia. Él se arreglaría con cualquier cosa. Tenía que ir a Florencia y poner esperanzas y orden en su familia. Arregló todo lo antes que pudo y salió de Roma.

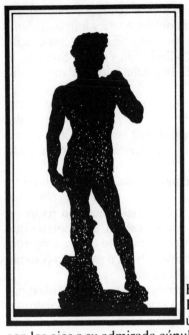

8

Era primavera. La ciudad de Florencia lo recibió con su sol único. Miguel Angel saludó con los ojos a su admirada cúpula, obra de Brunelleschi.

Llegó a su casa. Su padre lo recibió con un abrazo y conteniendo las lágrimas. Sus hermanos lo besaron y felicitaron por la Piedad, pues su fama y la de su obra llenaba ya toda Italia.

Aquella noche la cena se prolongó. Se habló de la situación de la familia y cada uno expuso la idea que creía sería la salvación. Por fin, se acordó que lo mejor sería poner un comercio de paños, ya que era el ramo que entendía Buonarroto. No les haría enriquecerse pero al menos podrían vivir sin deudas ni apuros.

Miguel Angel llamó aparte a Giovan-Simone y le habló muy en serio de la dureza de la vida, de sus obligaciones para con su padre y de su deber de trabajar para ser un hombre honrado.

—Pórtate bien y yo me ocuparé de que nada te falte.

El muchacho prometió enmendarse y trabajar en el negocio de paños como haría Buonarroto.

Miguel Angel compró y ayudó a montar el negocio y cuando todo marchaba bien y la cara de Lodovico hacía sonreír a sus hijos, el escultor empezó a hacer caso a los muchos encargos que ahora tenía. Trabajaba mucho y se sentía bastante seguro y feliz, como en los días de Lorenzo.

Un día ocurrió algo que sacó a Miguel Angel de la monotonía en que ya caía su trabajo.

Hacía mucho tiempo que el gremio de las artes de Santa María dei Fiore tenía un enorme bloque de mármol de Carrara. Este bloque estaba estropeado desde el principio. Lo habían comprado para que un escultor, por entonces famoso, hiciese un gigante, pero para trasladarlo lo tallaron en cuadrado y ya era imposible sacar nada de él. El bloque estaba abandonado.

Un trozo tan enorme de mármol hacía que Miguel Angel hubiese soñado mil veces con distintas figuras que él podría sacar con facilidad.

Había pedido en repetidas ocasiones que le dejasen tallarlo pero nadie le había contestado nunca. Otro escultor pidió también el mármol, diciendo a los del gremio que añadiría algunos trozos que él tenía y sacaría una estatua aceptable. Los del gremio recordaron entonces que Miguel Angel había dicho que podría sacar una estatua sin añadir nada; lo llamaron y le dieron el mármol.

Miguel Angel llegó a casa loco de contento. Por fin podía trabajar en aquel enorme bloque que llenaba su sangre de hormigas. Empezó en seguida a hacer modelos de cera. No una, sino tres o cuatro figuras distintas podía sacar del bloque estropeado.

Haría un David. El mármol era enorme y sólo era una piedra, y David con ser un pastor, era enorme en su valor y decisión.

Cerca de la catedral se encontraba el gigante aún sin tallar. A su alrededor se levantó un enorme andamio de madera y una cerca que evitaba a los curiosos.

Era un lunes, 13 de septiembre, cuando Miguel Angel dio el primer golpe sobre el David. Una nueva serie de sensaciones y de pasiones desfilaron ante él durante el trabajo. Terminó la obra en la primavera de 1504.

Fue a verla el entonces supremo magistrado de Florencia, Piero Soderini. Admiró la escultura durante un rato y luego, dirigiéndose a Miguel Angel, dijo:

—Yo encuentro la nariz un poco grande.

El escultor se dio cuenta de que desde donde estaba el magistrado la cara completa se veía desproporcionada, pero no quería llevarle la contraria, no sólo por respeto, sino porque Soderini era uno de los pocos amigos que tenía de verdad. Subió por la escalera del interior del andamio y cuando estuvo a la altura de la cabeza del David, cogió el cincel y el mazo e hizo como si golpease la nariz del gigante. Al mismo tiempo dejó caer un poco de polvo de mármol que había cogido al subir. Cuando bajó preguntó a su amigo:

—Decidme qué os parece ahora.

Al mismo tiempo lo cogió de un brazo y lo separó bastante de la figura.

—Ahora sí me gusta. Le habéis dado la vida.

La estatua era enorme. Medía 4 metros y 34 centímetros y se hacía muy difícil transportarla. Se formó una comisión de artistas para decidir el lugar que debía ocupar la escultura en la ciudad. Discutieron durante días los distintos puntos que cada uno defendía y al final decidieron que fuese el propio autor de la obra el que dijese el lugar. Miguel Angel decidió que el mejor sitio era la escalinata del Palazzo Vecchio, a la derecha.

Se montó un castillo de madera rodante para trasladar al gigante a su puesto definitivo. Se tardaron 25 días.

Cuando estuvo en su lugar, era impresionante. Daba miedo verla por la expresión de su cara más que por su tamaño. Algunos florentinos decían que el escultor le había transmitido lo que tenía de terrible.

Después del David fueron muchos los encargos que recibió. Algunos de Piero Soderini. Trabajaba sin descanso de día y de noche. Comía mientras esculpía y dormía muy pocas horas en su mismo taller. El poder volcar su inspiración en el mármol lo llenaba de vigor y no sentía la fatiga.

De pronto un día le entró una de sus melancolías y se sintió incapaz de seguir tallando. Dejó todo y se hundió en sus libros y meditaciones.

Últimamente sus furias se habían desatado más de lo

corriente y ahora se notaba sucio y lleno de debilidades. Era en esas temporadas cuando recordaba lo aprendido en la escuela de Francesco de Urbino y se dedicaba a componer sonetos y a leer a los poetas clásicos y a los modernos, de los que conocía a muchos: Estudiaba y miraba al cielo; soñaba con mundos de formas; admiraba la belleza que le rodeaba; se aislaba de los demás y se hundía en su soledad y meditación hasta que otra vez sentía la presencia de Dios en su alma. De nuevo podía trabajar.

Piero Soderini quería decorar con dos grandes frescos los muros de la sala del Consejo del Palazzo Vecchio; el hermoso palacio que fue de los Médicis. Uno de los frescos fue encargado al genio de la pintura, Leonardo da Vinci y el otro a Miguel Angel.

Los dos artistas empezaron a preparar los enormes cartones sobre los que harían los dibujos para más tarde pasar al muro. Leonardo escogió, como tema, una batalla ocurrida en 1440 y que se conoce como la batalla de Anghiari. Miguel Angel eligió un episodio de la batalla de Pisa, en la que unos soldados fueron sorprendidos por la llegada del enemigo mientras se bañaban en un río.

Los dos genios florentinos trabajaban sin descanso en sus dibujos, pero ninguno de los dos bocetos se convertiría en pintura sobre el muro. Leonardo intentó pintar con una técnica de su invención que estrenaba para esa ocasión; no le dio resultado. Los colores se corrían y se mezclaban y el pintor, aburrido, lo dejó y se marchó a cumplir otros encargos que tenía en Francia. Miguel Angel no llegó a hacer el dibujo sobre la pared. Cuando lo preparaba recibió una llamada desde Roma. El recién elegido Papa, Julio II, le reclamaba. El escultor dejó su cartón a medio terminar y se presentó en Roma.

Julio II tenía el pensamiento puesto en el embellecimiento de la eterna ciudad. Había oído hablar de Miguel Angel y lo quería a su servicio.

Recibió al viajero con efusión, pero durante seis meses no

le hizo ningún encargo y parecía haberse olvidado de él. Miguel Angel aprovechó este tiempo para conocer la ciudad a fondo y sobre todo las estancias del Vaticano.

Por fin, Julio II lo llamó y le encargó que construyera su sepulcro, que se levantaría en el coro de San Pedro. Miguel Angel presentó un dibujo al Papa y a éste le gustó tanto que se llenó de impaciencia por verlo terminado.

—¡Fantástico! ¡Sí, fantástico! ¿Qué costará esto?

Miguel Angel pensó en los gastos y el transporte de los mármoles, en el tiempo, en los imprevistos...

—Cien mil escudos.

Julio II se levantó de su silla resuelto.

—¡Digamos doscientos mil! ¡Ve y empieza!

El escultor creyó que el cielo se abría ante él. El Papa había aceptado su proyecto y el inmenso monumento era suyo. Haría muchas estatuas, con las que podría vivir sus momentos de pasión artística; los únicos por los que merecía la pena su vida; aquellos momentos en los que se entregaba a su trabajo hasta notar latidos en las sienes.

Salió del palacio como en un sueño y al llejar a su alojamiento preparó todo para su viaje a Carrara; tenía que dirigir personalmente el corte de los bloques en la cantera. Partió con dos ayudantes de su confianza.

Las canteras llenaban su imaginación de formas; aquellos bloques enormes, pegados aún a la tierra, le parecían gigantes que quisieran salir de sus cárceles. No podía perder tiempo en soñar; si se dejaba llevar de su imaginación, la melancolía y la poesía no le dejarían trabajar.

Comenzó a sacar piedra. Tuvo que contratar canteros profesionales para adelantar el trabajo. Estando allí recibió el contrato del Papa por la obra, con todas las condiciones expresadas.

Los trozos de mármol se iban llevando a la playa para transportarlos por mar hasta Roma. Cerca de la playa había una roca enorme que hacía perderse a Miguel Angel en su afán por lo terriblemente gigantesco.

Labraría en aquella piedra un gigante que se pudiera ver desde muy lejos por los navegantes. Sería algo fascinante dar forma a una roca sin moverla de su lugar. ¿Qué haría? Un Neptuno... demasiado pagano para ser de su agrado total. Sería emocionante tallar un Cristo enorme sobre el mar; un adorable Protector visto desde todos los lugares. Sí, un Cristo tal y como él lo imaginaba, lleno de dulzura y poder; un Cristo... no, no tenía tiempo ni de distraer ese pensamiento. El monumento para Julio II era lo más importante.

—Cuando tenga tiempo volveré y tallaré el gigante.

Terminó de cortar los bloques, encargó al capataz que los fuese embarcando y él partió para Roma.

Cuando llegó, algunos de los mármoles lo esperaban en la plaza de San Pedro. El Papa le había buscado un taller muy cercano a su residencia para que pudiese trabajar cómodamente sin gastar demasiado en transportar piedras. Miguel Angel se puso inmediatamente a la tarea.

Julio II lo visitaba casi todos los días y, para hacerlo mejor, había mandado construir un puente levadizo desde un túnel del palacio al taller del escultor para poder ir y venir sin ser molestado.

El Papa estaba entusiasmado; veía el trabajo crecer día a día; estudiaba junto al escultor los problemas de cada momento y hablaba con él de todo lo relacionado con sus ideas para el monumento. Surgió entre ellos una gran amistad: Miguel Angel había sido siempre un buen cristiano y respetaba al Papa; además Julio II tenía grandes virtudes, y una enorme cultura que hacía que el florentino se sintiera a gusto cerca de él. Por su parte, el Papa comprendía el carácter de su escultor al vivir de cerca su genio, sus emociones, sus problemas y sus ideas.

Julio II era un hombre de gran actividad; además de llevar todos los asuntos de la Iglesia y del estado de Roma encontraba tiempo para ocuparse de la restauración de las obras de arte antiguo. Un día determinó arreglar el Vaticano; paseó por las estancias y decidió reconstruir la Basílica de San Pedro que por ser tan antigua amenazaba ruina. Convocó un concurso de proyectos para las obras. Se presentaron muchos arquitectos, entre ellos el arquitecto del Vaticano, San Gallo, y otro arquitecto famoso ya en Italia por la belleza de sus ideas. Se llamaba Bramante.

El Papa estudió todos despacio. Por fin decidió que el proyecto que más se ajustaba a su gusto era el de Bramante. Lo llamó y le encargó las obras.

San Gallo, ofendido, se marchó de Roma presentando su dimisión como arquitecto oficial del Vaticano. El puesto vacante lo ocupó el nuevo arquitecto Bramante.

Era un hombre sin escrúpulos. Pasaba por encima de todo para conseguir lo que deseaba. Su vida era muy ligera y todo el dinero le venía corto. Por eso procuraba que, aparte de los honorarios por las obras, le quedase ganancia en los materiales. Su carácter era amable y sabía decir a cada persona lo que ésta quería oír. Era simpático a todos y de todos sacaba partido.

Cuando empezó a poner en práctica sus ideas, Miguel Angel se asustó. Era cierto que la Basílica estaba ruinosa y que había que levantarla de nuevo, pero había materiales valiosos no sólo por antiguos, sino por el arte con que estaban trabajados. Bramante, con una partida de hombres armados de piquetas, tiraba todo lo que veía a su paso.

Miguel Angel, en sus visitas a las obras, veía caer hechas pedazos las pesadas columnas labradas. Un día ya no pudo más y se acercó al arquitecto.

—Perdonad que me meta en vuestro trabajo. En mi opinión esas columnas que estáis destrozando podían valeros para la nueva edificación. Y si esto no entra en vuestro proyecto, al menos podríais desmontarlas con cuidado para que fuesen conservadas por su valor.

Bramante sonrió con una inclinación de cabeza.

—Mi admirado señor. Cada maestro en su oficio sabe lo que hace. Yo no me permitiría jamás aconsejaros sobre esta o

62

aquella proporción de vuestras divinas figuras. Os aseguro que sé muy bien lo que hago.

Miguel Angel sintió que la furia le oprimía el pecho. Conocía obras de Bramante y sabía que hacía las columnas de ladrillos y escombros y luego las forraba de mármol para que pareciesen macizas. Esto era más barato y más fácil. Se volvió con los ojos chispeantes.

—Tenéis razón. Sabéis muy bien lo que hacéis. Os conviene levantar vos todas las columnas nuevas, ya que es muy fácil hacerlas colocando un ladrillo sobre otro, y para labrar columnas a juego con éstas tendríais que echar mano de recursos artísticos de los que carecéis.

Bramante se volvió como un rayo.

—¡Salid de aquí si no queréis que os mande echar!

Miguel Angel salió de la Basílica y no volvió a ella mientras el estafador siguió con sus trabajos.

El escultor continuó con su encargo. Había tenido que contratar más ayudantes y amueblar un poco la casa para poder vivir decentemente. El dinero se iba y para seguir tenía que pedir al Papa. Eso era lo convenido en el contrato que le envió a Carrara. El dinero le sería dado a medida que lo fuera necesitando.

Bramante estaba lleno de cólera contra aquel florentino arrogante. Tenía demasiada amistad con el Papa y eso podía echar por tierra sus planes, sobre todo si contaba su sistema de construcción.

—¡Maldito cantero! No se saldrá con la suya. Soy más inteligente y más viejo.

Al dia siguiente, el arquitecto habló con Julio II. Le hizo ver que mandarse hacer un sepulcro tan fastuoso podría crear la opinión de que se trataba de un acto de vanidad. Él estaba seguro de que nada más ajeno del ánimo del Papa, pero las gentes... Lo mejor era que invirtiese su dinero y sus fuerzas en las obras que con tanto acierto había comenzado en la Basílica y que sería recuerdo perpetuo para toda la cristiandad.

Julio II lo pensó. Realmente el arquitecto tenía razón. Sólo había un pero, le gustaba demasiado su futura tumba. Recordaba la gran ilusión y el entusiasmo de Miguel Angel. Volvía a ver las obras ya comenzadas y ante su mente aparecía el impresionante y terrible Moisés, casi terminado.

Miguel Angel tenía ya algunas de las estatuas. Los cautivos y el Moisés. Aquel terrible Moisés que llenaba de miedo a quien lo veía y que hizo al escultor golpearle con el mazo en una rodilla y gritarle:

—¡Habla!

No, no debía decirle nada de momento. No podía romper su encargo. El escultor no se merecía ese golpe. Tenía que decírselo poco a poco. De momento dejó de visitar al florentino en su taller. Sólo iba de tarde en tarde, cuando la curiosidad por ver lo que hacía podía más que su deseo.

Las esculturas que creaban las manos del maestro hacían más difícil cada vez el decirle que lo dejara todo. Los enormes bloques seguían amontonándose en la plaza a medida que llegaban los embarques.

Cuando llegó uno de los envíos más fuertes de Carrara, Miguel Angel se encontró con que no tenía dinero para pagar los portes. Fue a ver al Papa. Pasó al despacho sin pedir permiso y sin llamar. Iba tan lleno de pensamientos que no se daba cuenta de nada.

Julio II hablaba con el joyero. Miguel Angel, al notar que estaba ocupado, hizo intención de salir, pero el Papa lo detuvo.

—Espera, pasa. Sólo será un momento. Te atenderé en seguida.

Miguel Angel esperó cerca de la puerta. El Papa pensó que era una buena ocasión para comprobar cómo caería la noticia del abandono de las obras en su amigo. Miró al joyero y le dijo, lo suficientemente alto para que el escultor lo oyera:

—Dejadlo, estoy decidido a no gastar ni un ochavo más en piedras grandes o pequeñas.

Miguel Angel se quedó asombrado. ¿Era cierto lo que oía? No, no podía ser. A base de golpes la vida le hacía demasiado

desconfiado. No iba con él, hablaba con el joyero. Sin duda él entendía lo que no era.

Cuando el Papa le recibió y supo qué era lo que deseaba, se quedó en silencio. Había visto su cara un momento antes y le daba miedo decirle la verdad.

—Hoy no puedo darte una respuesta. Ven el lunes.

Miguel Angel volvió a su casa con una extraña sensación de fracaso. Al llegar le esperaban los hombres del transporte. Miró por todas partes. No tenía un céntimo. Mandó volver luego a los hombres y buscó por toda Roma a Baldassare Balducci. Le contó su apuro. Baldassare fue a su jefe, el banquero, y le pidió los 220 ducados que su amigo necesitaba. Jacopo Gallo entregó el dinero sin otro requisito. El escultor había salido del apuro de momento. Pero ahora le debía el dinero al banquero.

Volvió al Vaticano el lunes; el Papa no podía recibirle. Volvió el martes, el miércoles, el jueves. Nada, nunca estaba Su Santidad. El viernes por la mañana insistió otra vez. Al llegar al vestíbulo, le salió al encuentro un paje.

—Debéis iros, señor.

—¿Cómo decís?

—No paséis adelante. Marchaos.

Miguel Angel no comprendía. ¿Cómo iban a echarle de esa manera? Un obispo que había en la sala se acercó al paje.

—Pero, ¿cómo? ¿No sabéis quién es este hombre?

El paje miró al escultor.

—Perdonadme, señor. Tengo que cumplir las órdenes que he recibido.

Miguel Angel salió del palacio. Un enorme abatimiento le aplastaba. Sentía todas sus fuerzas y sus ilusiones rotas. Desde muy dentro, una furia sorda le estaba invadiendo. Llegó a su casa. Antes que nada buscó papel y pluma y escribió al Papa:

«Santísimo Padre, hoy he sido arrojado del palacio por órdenes vuestras, por ello os hago saber que de aquí en adelante, si me necesitáis, debéis buscarme en otro sitio, pero no en Roma».

Mandó la carta y encargó a dos de sus operarios que llamasen a un judío y le vendiesen todo lo que había en la casa. Y añadió:

—Buscadme luego en Florencia.

Salió, aún lleno de furia, y tomó un caballo de posta. Durante la noche tuvo que hacer un descanso en el parador de la posta para cambiar el caballo y comer algo.

Al mirar al camino vio que se le acercaban cinco hombres a caballo. Lo detuvieron y le explicaron que los enviaba Su Santidad para hacerle ir con ellos.

—Voy a Florencia.

—Mirad que el Papa nos ha dado órdenes de llevaros.

—No iré.

Le tendieron un mensaje que Julio II había escrito para él.

«Al recibo de la presente, debes volver inmediatamente a Roma, si no quieres exponerte a peores consecuencias.»

Miguel Angel leyó dos veces el papel. No sólo salía de Roma por su disgusto con Julio II. Conocía bien al Papa y hablando con él podían haber llegado a un acuerdo; pero tenía motivos desde hacía días para temer por su vida. Bramante quería quitarle de en medio. Ya había recibido visitas sospechosas y pequeños accidentes. Claro que... si continuaban las obras del sepulcro, merecía la pena correr cualquier riesgo. Era un iluso. Las obras no iban a continuar mientras Bramante estuviera en Roma.

—¿Qué contestáis? Tenemos que dar una respuesta al Papa para que sepa que os hemos encontrado.

Miguel Angel escribió una pequeña tarjeta en la que decía, muy claro, al Papa que sólo regresaría si se cumplían las condiciones establecidas para con él.

Cuando los hombres del Papa desaparecieron camino de Roma, Miguel Angel entró a recuperar fuerzas para su viaje.

9

Su ciudad era ahora un refugio para su desesperación. Anduvo por las calles antes de ir a su casa. Estaba triste. La melancolía desfiguraba su cara y no quería que su familia le viese así.

Recorría los lugares de su niñez en donde había vivido la ilusión de ser un día lo que ahora era. ¿Para qué? La gran obra que tenía empezada, la que lo llenaba de vida, después de tenerla entre manos, se la arrebataban. Y todo por envidia.

Se sentía completamente solo. Siempre lo había estado. Su familia le quería, pero no llegaba a comprenderle, y sus muchos amigos de Roma y de Florencia podían ayudarle pero no darle la compañía y el consuelo que necesitaba.

Pasaba ahora por delante del palacio de Piero Soderini. Hablando con él descargaría un poco su pena. Subió. Una vez delante de su amigo, le contó todo lo ocurrido. Piero lo miraba.

—Has estado demasiado duro con Su Santidad.

—Este orgullo mío que me ciega y no me deja estudiar las cosas despacio. Me desesperó que me quitase la obra. No seré nada sin mi trabajo. Es cruel hacer esto conmigo y echarme como si fuese una persona indeseable.

Había ido subiendo la voz sin darse cuenta.

—Cálmate, por favor.

Agachó la cabeza y continuó más bajo.

—Luego está lo de Bramante. Antes o después se librará de mí.

—En eso creo que tienes razón. Quédate en Florencia y veremos lo que pasa.

Cuando Miguel Angel llegó a su casa estaba más sereno. Pasó en Florencia siete meses. Al principio sin hacer nada. Luego, cuando su desesperación cedió, siguió con el proyecto del mural de Piero Soderini.

Mientras tanto, en Roma, Bramante se aprovechaba de la marcha del escultor para convencer al Papa de lo que debía hacer. Le presentó las obras de la Basílica en un proyecto más terminado.

El Papa había pensado también en que debía decorar con pinturas el techo de la capilla Sixtina. Habló de ello con Bramante después de la cena. Estaba también un buen amigo de Miguel Angel: Rosseli. El Papa decía:

—Mañana escribiré a Florencia y le diré a Miguel Angel que venga inmediatamente. Quiero que él pinte los frescos.

Bramante puso cara de pesadumbre.

—Santísimo Padre, no lo conseguiréis. Yo he hablado con Miguel Angel y me ha dicho que no se hará cargo de la capilla que Vuestra Santidad quiere confiarle y que, aunque os empeñéis, se dedicará solamente a la escultura.

Su gesto se volvió interesante.

—No creo, Santo Padre, que se atreva a intentar una obra así, pues tiene poca experiencia en pintar figuras y además éstas hay que pintarlas por encima de la línea de visión, por la bóveda.

El Papa lo miró con severidad.

—Yo sólo os digo que si no viene, será desobedecerme a mí. Estoy seguro de que regresará.

Rosseli, que hasta entonces había estado escuchando en silencio, dijo:

—Este hombre, Santo Padre, está mintiendo. Ni ha escrito a Miguel Angel ni ha hablado con él sobre la capilla. Es seguro que el maestro no sabe nada de esos frescos. Yo sé que regresará si Vuestra Santidad se lo manda.

El Papa mandó una carta a Soderini en la que decía a Miguel Angel que volviese a Roma. Soderini respondía que no podía convencerle. Poco después recibía otra carta con el mismo contenido, pero el escultor no quería volver. Una tercera carta hizo que Soderini le hablase muy en serio.

—Has disgustado al Papa. Tienes que volver a Roma. Cuando habléis, todo se arreglará.

Miguel Angel le contestó que seguramente se iría a Orien-. te. El Sultán le había llamado para que construyera un puente.

—¡Estás loco! No quieres volver a Roma por los peligros que te aguardan y te vas a ir a Oriente en donde no conoces a nadie y nadie te puede ayudar. Y a construir puentes para los infieles. ¿En qué estás pensando?

Siguió describiéndole los mil peligros del país lejano y luego acabó:

—El Papa quiere que vuelvas, no te recibirá mal, y por lo demás no te preocupes. Te nombraré embajador de Florencia en Roma y no podrán tocarte. Sería una ofensa contra Florencia entera. Nadie se atreverá.

Se prepararon las cartas credenciales. Mientras, el Papa había viajado a Bolonia y desde allí le mandó llamar diciendo que le esperaba impaciente. Soderini mandó la contestación por mano del propio Miguel Angel.

«El portador de la presente es Miguel Angel el escultor, a quien enviamos para complacer a Su Santidad. Certificamos que es un joven de excelentes cualidades y cuyo arte no tiene rival en el universo. Su naturaleza es tan noble que con amabilidad y buenas palabras se hará de él cuanto se quiera; no hay más que tratarle con cariño y gentileza.»

Miguel Angel llegó a Bolonia una mañana. Lo primero que hizo fue ir a misa a San Petronio. En la iglesia había unos pajes del Papa y, al reconocerlo, se lo llevaron al palacio que Julio II

ocupaba. Al entrar, el Papa lo miró y sintió que su mal humor subía de tono.

—¡Tenías el deber de venir ante Nos y has aguardado a que Nos fuésemos a buscarte!

Miguel Angel se arrodilló frente al Papa, cruzó los brazos sobre el pecho para contener su pasión y luego dijo en voz alta:

—Santísimo Padre. Os pido perdón con toda mi alma. Mi falta no ha sido por insolencia, sino por el abatimiento que se apoderó de mí. No me sentía con fuerzas para sobreponerme al duro golpe de vuestra expulsión.

El Papa lo miró. Ardía tanto genio en la cara del escultor que empezó a sentir de nuevo una gran simpatía por él. Un secretario pensó intervenir en favor del florentino.

—Perdónele Su Santidad. Ha obrado así por ignorancia. Ya sabemos que estos artistas son todos así.

El Papa sintió la ofensa como suya y se volvió al secretario:

—Vos sois quien le insultáis; vos sois el ignorante. Salid de aquí.

El secretario salió apresuradamente. El Papa se levantó, puso una mano sobre la cabeza de Miguel Angel y dijo:

—Ven.

El escultor se levantó y siguió a Julio II hasta una sala aparte; allí el Papa le habló de lo disgustado que estaba con él. Miguel Angel le hizo comprender su desánimo, le contó su furia, sus orgullos, sus melancolías... El Papa lo perdonó y le dio su bendición.

Más tarde se trató del asunto profesional. Julio II quería que Miguel Angel hiciese una estatua suya en bronce para la fachada de una iglesia de Bolonia. El escultor se puso a trabajar en seguida.

Antes de volver a Roma, el Papa lo visitó en su taller. El modelo ya estaba terminado en barro y Julio II quedó admirado.

—Me gusta.

Lo bendijo y se despidió de él.

Miguel Angel pasó grandes apuros para fundir la estatua. La primera fundición se estropeó y la segunda le costó dinero de su bolsillo. Por fin, la estatua quedó colocada en la fachada de la iglesia de San Petronio.

Los escultores boloñeses estaban irritadísimos. Otra vez aquel entrometido florentino se metía en su terreno y les quitaba el trabajo. Miguel Angel tuvo que huir apresuradamente a Florencia.

Encontró el cartón de su boceto de la batalla de Pisa hecho mil pedazos y repartido entre los envidiosos. Habían entrado por la noche y destruido el cartón. Ya no podía hacer nada más en él. Pero por la ciudad se oía que deseaban que esculpiese un gigante que formase pareja con el David. Ya pensaba en esto cuando una carta del Papa le reclamó de nuevo a Roma.

Miguel Angel iba lleno de ilusión. Los bloques de mármol de la tumba le llamaban desde lo más profundo de su alma. Cuando estuvo junto al Papa su ilusión se hizo humo. Julio II no deseaba seguir con la tumba. Ahora lo llamaba para que pintase el techo de la capilla Sixtina.

—Santo Padre, yo no soy pintor. Soy escultor. Desconozco la técnica de la pintura al fresco. Dadle ese trabajo a Rafael, que está pintando otras capillas del palacio.

—Has de hacerlo tú. Sólo tú sabes interpretar mi gusto. Busca quien te oriente en el arte del fresco y empieza.

—Santidad...

Bramante intervino.

—Si no lo hacéis, disgustaríais a Su Santidad que tanto os estima y favorece.

El tono de voz del arquitecto hizo que Miguel Angel se diera cuenta, de pronto, de la trampa que le tendía. Sí; si no lo hacía, perdía el favor del Papa, y si lo hacía y fracasaba, sería el final de su carrera y el ridículo de Italia. Todo el trabajo sería para Rafael de Urbino, el sobrino de Bramante.

—Está bien.

Sin hacer reverencia ni saludo salió del despacho.

Estudió con mucho cuidado el techo de la Sixtina. ¿Qué haría? Los doce apóstoles, como le habían insinuado, iban a quedar un poco pobres. Salió de la capilla y le dijo al Papa su opinión.

—¿Pobres? Bien. Haz lo que quieras.

El techo era tan grande que cabrían muchas escenas del Antiguo Testamento. Eso haría. Bramante había preparado un andamio que colgaba del techo por medio de unos gruesos cables. Miguel Angel volvió al Papa.

—¿Qué haré cuando llegue a los agujeros?

—Desmonta eso y hazlo a tu gusto.

El escultor levantó un andamio sostenido por unas enormes borriquetas desde el suelo. Sólo faltaba que alguien le

73

dijese cómo usar la pintura al temple; de pronto recordó a su amigo de la infancia. Francesco Granacci sabía de eso.

Granacci llegó encantado de que su famoso amigo se acordase de él. Miguel Angel ya había hecho una prueba, pero la pintura se había corrido y casi desaparecía al secarse; Granacci le hizo ver la proporción adecuada de agua para que la pasta, siendo espesa, pudiera darse con ligereza sobre el techo. Miguel Angel agradeció a su amigo los consejos y le pagó viajes de ida y vuelta.

Al principio, tenía algunos ayudantes que le acercaban los colores y los pinceles, preparaban los pigmentos y doblaban y desdoblaban los enormes bocetos. Los muchachos se tenían envidias; hablaban y se distraían; tiraban la pintura y estaban desatentos a las órdenes del maestro. Acabó por echarlos y encerrarse solo en la capilla.

Pintaba sin descanso; sin darse cuenta si era de día o de noche. A veces le visitaba el Papa; subía por el andamio con ayuda del artista.

—¿Cuándo terminarás?

—Cuando lo acabe.

Una y otra vez se repitió el mismo diálogo hasta que el Papa, impaciente, decidió que enseñaría la capilla al pueblo, que estaba ansioso por verla, aunque no estuviese acabada del todo; luego, se podría continuar con la pintura. Así, cuando Miguel Angel terminó la parte central del inmenso techo, Julio II mandó desmontar el andamio.

Por fin se abrieron a los curiosos las puertas de la capilla. La gente se quedó asombrada. Aquella pintura se salía del estilo que todos conocían. Tenía una fuerza capaz de emocionar y hacer sentir frío al que miraba.

Bramante estaba callado. Ninguna de sus frases fáciles acudía a sus labios. A su lado, su sobrino Rafael miraba extasiado.

—Es un genio.

—Eres un estúpido. Tú tienes que pintar lo que falta. ¿No te crees capaz?

Rafael era muy seguro.

–Sabes que sí.

Bramante fue a ver al Papa y le dijo que la capilla Sixtina, al tener las paredes de los laterales adornadas con frescos de otros divinos maestros italianos y ahora el techo por el habilísimo Miguel Angel, bien se podía encargar lo que faltaba, o sea, las arcadas que unían las paredes con el techo, a otro genio italiano. De esta forma, la capilla sería como un museo.

—Ese pintor podría ser Rafael. Su Santidad ya conoce sus méritos.

—Sin duda, sin duda. Ya lo pensaremos.

Cuando Miguel Angel se enteró de lo que proyectaba el arquitecto, sintió que la cabeza le daba vueltas. Él no había querido aquel trabajo y le habían obligado a aceptarlo, y ahora que se había entonado con él y trabajaba a gusto, querían quitárselo. No, no lo consentiría; otra vez la historia del mausoleo del Papa, no.

No sabía qué hacer; la ira y el dolor lo recomían y no le dejaban dormir. Sus obras eran el juguete de Roma; ahora sí, ahora no. Si Bramante hubiese sido otro... pero aquel hombre no se merecía ninguna consideración; era un estafador y sólo quería enriquecerse a toda costa. A costa del arte no; Miguel Angel no consentiría que todo fuese adelante.

Pidió audiencia al Papa y, una vez en su presencia, le contó todo lo que pasaba, las faenas de Bramante, las persecuciones que le hacían sus hombres, sus malas intenciones para con él y sobre todo le dio detallada cuenta de las chapucerías que pensaba hacer en las obras de la Basílica.

El Papa estaba realmente enfadado. Nunca había podido pensar que todo eso estuviese pasando a su alrededor sin que él se enterase.

—Tú terminarás la Sixtina. Lo demás yo lo arreglaré.

Miguel Angel acabó su obra sin ser molestado más. Tardó en ella cuatro años y medio.

Cuando el día de Todos los Santos del año 1512, el Papa dijo la Misa en la capilla Sixtina, toda Roma quedó admirada. Miguel Angel estaba cansado. Le dolía la espalda por la postura forzada que había tenido que adoptar para pintar el techo. Cuando recibía cartas, tenía que levantarlas por encima de su cabeza y así, mirando hacia arriba, leerlas.

No se encontraba bien; estaba contento por haber terminado la obra, pero quedaban las estatuas de la tumba del Papa y los problemas de su familia. Por sus cartas sabía que Soderini había sido destituido y que los Médicis, los hijos de Lorenzo habían entrado de nuevo en Florencia como gobernantes. Por todo esto, Lodovico y sus hijos habían perdido su negocio y todo su dinero.

Miguel Angel escribió unas líneas a Giuliano de Médicis para que diese trabajo a su padre y a sus hermanos, y les mandó todo el dinero que le quedaba de lo ganado en la Sixtina.

Julio II estaba satisfecho con su capilla. Llamó al escultor y le dijo:

—Sigue ahora con el sepulcro.

Miguel Angel sintió una gran felicidad. Estaba cansado, pero ya no lo notaba. No duró mucho la felicidad. En febrero de 1513 murió Julio II.

Uno de los encargos que dejó en su testamento fue que su tumba se realizase con un proyecto más reducido. Miguel Angel firmó un nuevo contrato con los herederos, en el que se comprometía a realizar el nuevo proyecto en el plazo de siete años. Empezó a trabajar con todo su ánimo.

El nuevo Papa era Juan de Médicis. Ahora se llamaba León X. Miguel Angel tenía miedo de que el Papa recién elegido lo llamase para algún trabajo y tuviera por ello que dejar la tumba. Por eso corría todo lo que podía.

León X viajó a Florencia después de ser elegido Papa y se paró a rezar en la iglesia de San Lorenzo, en donde estaban enterrados sus antepasados. Cuando volvió a Roma llevaba una idea fija en la cabeza. Llamó a Miguel Angel.

—Quiero que acabes la fachada de la iglesia de San Lorenzo en Florencia. Tú sabes que está horrible así, a medio hacer.

—Juan... Perdonad, Santidad. Yo no soy arquitecto. Os ruego que no me encarguéis ese trabajo a mí.

—Miguel Angel, sabes que no se lo podría dar a otro.

Agachó la cabeza y todo su cuerpo tembló. Sentía un profundo dolor en el pecho. Una mano gigantesca le apretaba la garganta. Otra vez la tumba de Julio II se convertía en un fantasma abandonado. Y allí, delante del Papa que había sido su compañero de juegos, dejó el escultor que las lágrimas corrieran por su cara, lleno de impotencia.

—No seas niño. Esta obra te dará más gloria que ninguna.

—No quiero gloria. Sólo deseo que me dejes... que me dejéis terminar con la tumba de Julio II. Luego haré lo que queráis.

León X lo abrazó y le dijo más suavemente.

—Podrás trabajar en la tumba allí, en Florencia, cuando tengas tiempo.

—Se hará lo que digáis, Santidad.

Hizo un precioso modelo de madera y cera que entusiasmó al Papa. Luego marchó a Carrara para encargarse de comprar piedra para la fachada y las estatuas que adornarían. Estaba absorto en el trabajo de cortar bloques de mármol cuando recibió otra orden desde Roma; debía dejar las canteras de Carrara y trasladarse a la región de Saravezza en donde había unas canteras de mármol sin explotar y que, según las noticias, eran necesarias para la economía de Florencia.

Miguel Angel fue donde le ordenaban pero vio que el mármol era de peor calidad que el de Carrara; además el camino hasta el mar era muy difícil y había que hacer una carretera. Escribió todo esto al Papa, pero el interés de Florencia en el negocio era demasiado fuerte y se le obligó a comprar allí la piedra. Obedeció.

Los dueños de Carrara se enfadaron y los canteros, que habían quedado sin trabajo, quisieron pegarle una noche cuando Miguel Angel llegó a la fonda a cenar. Les hizo saber que él sólo cumplía órdenes y les aseguró que, personalmente, no había visto nunca mármol mejor que el de Carrara. Aunque no quedaron muy convencidos, lo dejaron en paz y continuó su intenso trabajo en las nuevas canteras.

Durante el invierno no pudo seguir en las montañas y pasó en Florencia algunos meses arreglando y poniendo a punto un terreno en donde edificó un taller con capacidad para veinte estatuas a la vez. En primavera volvió a las canteras y comenzó el trabajo, haciendo el camino que llevaría los bloques al mar.

Cuando por fin llegó a Florencia para empezar con las obras de la fachada, se encontró con que muchos de los mármoles que él había ido mandando, habían sido utilizados por otros escultores para la Catedral y otras obras en la ciudad. Lleno de furia por el abuso, escribió al Papa contándole lo sucedido; pero tenía demasiados enemigos en Roma. Durante su ausencia habían hablado mál de él y el Papa ya ni se acordaba de que existía. Miguel Angel estaba cansado, desilusionado y sin dinero.

Un día se enteró de que un Médicis había dicho que él era un vago que se guardaba el dinero de los encargos y luego no los realizaba. Todo eso y más era lo que había llegado a oídos del Papa; ¿podría Juan creer eso de él? Le escribió de nuevo de una manera más familiar, contándole sus muchas penas y las calumnias que se levantaban contra él y le pedia que, si no le interesaba la obra de la fachada, le anulase el compromiso contraido. León X lo anuló y le dejó libre.

El escultor no se encontraba bien. Se metió en la cama desesperado; al menos encerrado en casa, su carácter no le hacía odioso a nadie, pero estaba a punto de estallar. Su pensamiento iba de un lado a otro, levantándole dolor de cabeza; tanto trabajo por hacer, le servía de pesadilla y no le dejaba descansar. No podía ir a Roma; ya no le querían ver por allí, y en Florencia no tenía nada que hacer. Tal vez podría llevarse parte del trabajo de la tumba a su nuevo taller y seguir con ello. Aprovechar el tiempo. Con esta idea consiguió recuperar el ánimo y salir de la cama.

El 1 de diciembre de 1521 moría León X en Roma.

10

Había subido al pontificado Adriano V. Este Papa tenía gustos muy severos y no comprendía el arte ni le interesaba lo más mínimo.

Miguel Angel aprovechó esta ocasión para llevarse trabajo de la tumba de Julio II a su taller de Florencia y en eso estuvo ocupado.

El Papa Adriano V sólo vivió un año y ocho meses. Después de él fue elegido Papa el cardenal Julio de Médicis, que tomó el nombre de Clemente VII.

Nada más sentarse en el trono de San Pedro, Clemente VII llamó a Miguel Angel y le encargó que arreglase la sacristía de San Lorenzo, poniendo estatuas en las tumbas de los Médicis. El escultor volvió a suplicar que le dejasen terminar su gran obra.

—Yo te sacaré de ese contrato. Ponte con lo de San Lorenzo.

· Miguel Angel volvió a Florencia y empezó con los bocetos y proyectos para la sacristía. El Papa le había asignado una pensión mensual de 50 ducados y le había mandado dar una habitación en la misma iglesia de San Lorenzo para que no tuviera que moverse de junto a la obra. Estaba dedicado por completo a este proyecto cuando los herederos de Julio II le reclamaron su encargo. El escultor habló con el Papa y éste consiguió que los herederos se calmasen por el momento.

Las estatuas de la sacristía iban muy deprisa. Eran dos de los Príncipes: Giuliano, hijo del Magnífico y Lorenzo nieto del mismo Príncipe. Debajo de estas estatuas, vestidas al gusto romano, se encontraban el Día y la Noche, y la Aurora y el Crepúsculo. En un lado de la sacristía, sobre un altar, el escultor quería poner una imagen de la Virgen, con el Niño en los brazos, y otras de San Cosme y San Damián.

Los herederos de Julio II no dejaban de molestarle y sus disgustos le quitaban la ilusión y el buen ánimo. El Papa tenía problemas con la política del Vaticano y no podía ocuparse de nada; por esta causa, la pensión de Miguel Angel se retrasó tanto que llegó un momento que apenas tenía dinero para comer. La tristeza, el agobio de los herederos, la necesidad y el encontrarse tan profundamente solo lo abatían tanto que le era imposible trabajar, aunque lo intentaba con toda su fuerza.

Así se encontraba Miguel Angel en Florencia cuando las tropas luteranas entraron a saco en Roma. El Papa se refugió en el castillo de Sant'Angelo y cada romano buscó la forma de esconderse.

En Florencia hubo una revuelta que echó a los Médicis y puso en el poder un gobierno popular. Miguel Angel dejó su trabajo y volvió a su casa. Vendió algunas cosas para conseguir dinero y se dispuso a esperar que todo pasara.

Había peste en Florencia. Mucha gente moría a diario y en casa de los Buonarroti también tocó la mano de la desgracia. Buonarroto, el dulce hermano, cayó víctima de la enfermedad. Miguel Angel sintió que la vida le volvía la espalda. Todos los dolores y las miserias se juntaban para él.

El escultor estuvo junto a su hermano hasta el último momento, aunque todos le decían que se podía contagiar. Cuando Buonarroto estuvo enterrado, se ocupó de su viuda para que nada le faltase; a su sobrina Francesca la colocó, como era costumbre, en un convento hasta que llegara el momento de casarla, y a su sobrino Lionardo le buscó lo necesario para su educación. Así fue pasando el tiempo sin que el escultor lograse salir de su inmensa melancolía.

Las cosas estaban mal en Florencia. Se esperaba que el ejército del príncipe de Orange lograría entrar en la ciudad y la pondría sitio. Los florentinos se estaban preparando. Formaron ejércitos de milicias, nombraron generales y pensaron en la defensa.

El gobierno llamó a Miguel Angel para que se encargara de la fortificación de la ciudad. El escultor no simpatizaba con el nuevo gobierno, pero era la defensa de Florencia y aceptó. Pensó que lo primero era proteger la colina; si el enemigo se hacía dueño de ella, Florencia estaba perdida.

Preparó bloques de estopa y mandó que fueran colocados alrededor de la colina. Mientras trazaba sus proyectos distraía la mente, y poco a poco, su gran espíritu lo envolvía de nuevo.

No le gustaba cómo iban los trabajos de la fortificación, apenas adelantaban nada y cuando, irritado, lo dirigía personalmente, era llamado a otro sitio y mientras las obras se paralizaban. Miguel Angel tenía la sospecha de que había un traidor. Llegó al palacio del nuevo gobernante y comunicó sus sospechas.

—Ya sé que vos tenéis fama de miedoso Buonarroti, pero no pensé que fuese tanto.

—Señor, aún estamos a tiempo de atajar la traición.

—Estáis loco de miedo. Marchad de mi presencia.

Miguel Angel pensaba que en un partido u otro su cabeza no estaba seguro. Lo mejor era salir de Florencia. Aprovechó una noche y salió con dos amigos. Irían a Venecia. Luego, ya verían. Probablemente pasarían a Francia.

En Venecia intentó pasar desapercibido, pero su fama era muy grande y el gobernante le hizo toda clase de honores y le encargó el diseño de un puente sobre el Rialto.

Los gobernantes de Florencia publicaron un decreto por el que se consideraban desertores todos los ciudadanos que hubieran salido de la ciudad. Catalina, una vieja criada de Miguel Angel, temiendo que las cosas de trabajo, libros y ense-

res de su señor fuesen confiscados, llamó a Granacci para que el buen amigo las guardase y las protegiese hasta ver qué pasaba.

El escultor había intentado su viaje a Francia, pero el camino era demasiado difícil y peligroso; para pasar peligros prefería hacerlo en su patria. Recibió una llamada. Las fortificaciones estaban sin terminar. Tenía que volver; le aseguraban que nada le pasaría; le enviaban un salvoconducto.

Volvió a Florencia en el peor momento; cuando la muerte esperaba a cada ciudadano en cada rincón. Estando personalmente encima del trabajo, consiguió terminar la fortificación.

A ratos, cuando su trabajo y su pena le dejaban, entraba con cuidado en la sacristía y labraba las manos o cualquier otro detalle, la ropa o la cara de las estatuas de los Médicis. Tenía que hacerlo a escondidas; los Médicis eran los odiados enemigos de la ciudad en aquel momento.

En el mes de agosto de 1530, tras muchas privaciones y sacrificios, Florencia se rindió y apareció Bagliani, el traidor que había estado conspirando desde el principio de la fortificación.

Las tropas invasoras no se ponían de acuerdo en muchos puntos y hubo discusiones y roturas que aprovecharon los Médicis para volver a la ciudad y asentarse de nuevo como gobernantes.

La familia de príncipes florentinos estaba furiosa contra Miguel Angel por haber ayudado a la fortificación, y porque corría el rumor de que había querido arrasar el palacio y había dicho que la entrada se podía llamar muy bien «Plaza de las Mulas».

Clemente VII era un Médicis y su humor estaba contra él. Miguel Angel tuvo que esconderse en casa de un amigo hasta que todo pasara. Le dolía verse difamado de aquel modo. Él no habría quemado nunca el palacio en el que había sido tan feliz ni insultaría jamás a hombres que eran como sus hermanos.

El primero en olvidar fue el Papa. Escribió a Florencia y pidió que buscasen al escultor y le hiciesen saber que quedaría en completa libertad si volvía a trabajar en la sacristía. Cuando el escultor lo supo, salió de su escondite y se puso de nuevo al trabajo. Desde ese día volvió a recibir la pensión de 50 ducados al mes.

Cuando comprobó que todo estaba tranquilo, mandó recoger a su familia, que había pasado el mal tiempo en Pisa. Estaba deseando verlos; sobre todo porque, según escribía Lodovico, el pequeño Nardo, hijo de Buonarroto, no se encontraba muy bien de salud.

El escultor seguía esculpiendo estatuas en la sacristía de

San Lorenzo. El frío era muy intenso y a veces las manos no le respondían, y tenía que dejar el mazo y frotárselas hasta que la sangre volvía a correr. A su alrededor, surgía a cada paso el fantasma de la tumba de Julio II a través de sus herederos; solo, tragándose sus problemas, sus penas, sus necesidades; con la comezón del trabajo por realizar y sus enormes enfriamientos, casi no se podía mover.

El Papa enterado del estado de salud de su escultor y sabiendo por sus amigos que comía mal, dormía poco y no se cuidaba nada, escribió un Breve en el que, bajo pena de excomunión, le ordenaba que se cuidase de su salud y descansase; se distrajese en lo posible y no aceptase ningún trabajo que no fuesen las figuras de la sacristía.

El Papa pensó seriamente que debía librar al escultor, en lo posible, de la carga mental que suponía el trabajo pendiente. Se puso al habla con los herederos y consiguió una nueva escritura con un proyecto más sencillo.

Clemente VII llamó a Roma al maestro para la firma de la escritura.

11

Miguel Angel llegó a Roma y visitó al Papa. La escritura ya estaba firmada por todos. Sólo faltaba su nombre. Al leer el nuevo proyecto, sintió que algo se apagaba en su interior. Cada vez quedaba menos de su ilusión y de la de Julio II; pero era mejor poco que nada. Firmó y salió a la calle.

El Papa le había dicho que quería que pasase parte del año en Florencia, trabajando en la sacristía, y parte en Roma con el monumento de Julio II. Aquel primer invierno debía pasarlo en Roma. Volvía a su abandonado trabajo; a aquella sombra del esplendor que había proyectado.

Iba paseando por la ciudad. Sus pensamientos volaban de una idea a otra llenándolo de una amargura extraña. El cielo se había nublado y el aire era frío. Miguel Angel pensó que debía regresar a su taller y apresuró el paso liándose bien en la capa. De pronto, un chubasco fuerte hizo correr a los ciudadanos de Roma en busca de refugio.

Miguel Angel entró en un pórtico y esperó a que amainara. Cerca de él, mirando abstraído la lluvia, había un hombre. El escultor se fijó un momento; la vida le había hecho desconfiado. Era alto y bien proporcionado; tenía una cabeza noble y una mirada derecha. El hombre se volvió y con voz suave preguntó:

—Perdonadme, señor, ¿no os conozco?

Miguel Angel lo miró; había algo en él que espantaba sus desconfianzas.

—No sé. Creo que yo no os conozco a vos.

—Señor, decidme si me equivoco. Sois el divino Miguel Angel Buonarroti.

El escultor sonrió con amargura.

—Sí, soy Miguel Angel Buonarroti.

—Permitidme que estreche vuestra mano.

Miguel Angel le tendió su mano fría y sintió la fuerza del apretón de su distinguido conocido. Le preguntó si le gustaba el arte. El romano le contó sus aficiones y sus gustos. La conversación se animó y cuando la lluvia se calmó y los dos hombres se despidieron, eran ya buenos amigos.

—Mi nombre, señor, es Tommaso Cavaliere.

Varias veces acudió Tommaso al taller del escultor. Su carácter y educación de caballero romano sabía entender perfectamente el del terrible artista. Miguel Angel se sentía acompañado y la cultura de su nuevo amigo le hacía pasar horas agradables hablando de letras o de artes.

La temporada de Roma pasó y el escultor debía volver a su ciudad para seguir con la sacristía.

Estando ya en Florencia, Lodovico enfermó y en unos días falleció. La tristeza dominaba el corazón del maestro. La pérdida de su padre y de su hermano en tan poco tiempo le había dejado el alma vacía. Terminó, sin ganas, su trabajo en la sacristía de San Lorenzo y volvió a Roma. El gobernador de Florencia lo odiaba y sólo el favor del Papa le frenaba de quitar la cabeza al escultor aborrecido.

Miguel Angel llegó a Roma en un estado de ánimo tan depresivo que era dificilísimo tratarle. Se pasaba días enteros sin hablar nada. Desde su llegada sólo escribía sonetos en los que intentaba vaciar su dolor. Tommaso acudió a su casa en cuanto se enteró de su vuelta.

—He sabido lo de tu padre.

Miguel Angel no dijo nada.

—Lo he sentido de verdad, porque sé cuanto lo amabas.

El escultor siguió preparando sus bocetos sin hablar.

—Creo que haces mal en permanecer en silencio. No dejas respirar tus penas. Cuéntame lo que hay en tí. Siempre te hará bien, aunque quien lo escuche sea un ser tan ignorante como yo.

La voz del maestro sonó baja y sin timbrar.

—No digas eso, Tommaso. Tú no eres ningún ignorante.

Después de un momento, Miguel Angel levantó la cabeza y miró a su amigo.

—Perdóname. No puedo vivir así. No sé qué me pasa, pero no puedo ilusionarme por nada. No soy nadie.

—El tiempo cicatriza todas las heridas, Miguel Angel.

El florentino lo miró con cariño.

—Tommaso, quédate a comer conmigo. Por favor.

El ilustre caballero romano distrajo con sus palabras al maestro. Le habló de las cosas ocurridas en su ausencia, de los comentarios, de las últimas obras de los demás artistas famosos, de cultura, de filosofía. Poco a poco el ánimo del escultor se iba entonando. Cuando Tommaso se despidió, Miguel Angel estaba más animado. Hasta tenía otra cara.

La tumba de Julio II seguía forjándose en las manos del melancólico artista. Quería verla terminada cuanto antes. Pensaba que se quitaría una gran carga de su espíritu.

Un día llegó hasta su taller la noticia: Clemente VII había muerto.

Miguel Angel sintió alivio de no haberse quedado en Florencia. Muerto el Papa, el tirano gobernante de su ciudad le hubiese mandado cortar la cabeza inmediatamente. Ya no tenía nada que hacer en Florencia. La sacristía de San Lorenzo y otros arreglos en la biblioteca que Clemente VII le encargara, ya estaban terminados. No volvería a Florencia.

Alejandro Farnesio subió al solio pontificio con el nombre de Paulo III. Corría el año 1534.

El nuevo Papa llamó en seguida a Miguel Angel. Pero el escultor no estaba dispuesto a comprometerse en nada hasta que el monumento del Papa Julio II no estuviese terminado.

—Santidad, siento mucho deciros que no dispongo de mi persona, ya que estoy atado al duque de Urbino, heredero del Papa Julio, hasta dar por terminado el monumento.

El Papa se levantó impaciente.

—¡Ah, no! ¿De manera que llevo treinta años acariciando

el deseo de haceros algunos encargos, sin poder realizarlo, y ahora que soy Papa no voy a conseguirlo? ¿Dónde está ese contrato que os ata? Dádmelo, que yo lo haré pedazos.

Miguel Angel salió apesadumbrado. El nuevo Papa quería emplearlo en algún trabajo en el Vaticano. No, él tenía que cumplir aquel compromiso que arrastraba su vida. Podía irse a Génova y trabajar en un lugar apartado, en donde nadie lo conociese. O podía ir a Urbino y ponerse bajo la protección del duque heredero de Julio II. Pero el Papa se enfadaría demasiado. Se disgustaría y él pagaría las penas y los remordimientos, como cuando el Papa Julio lo echó del Vaticano. Lo más sensato era quedarse e intentar convencer a Su Santidad con buenas palabras.

El Papa se presentó un día, sin avisar, en casa del escultor. Venía acompañado de algunos cardenales. Se paseó por la estancia, miró los bocetos de todo, estudió las estatuas proyectadas para el monumento y buscó en todos los rincones para no dejar de admirar nada de lo que hubiera en el taller. Los cardenales también paseaban mirando y comentando. Miguel Angel no sabía qué pensar y no se atrevía a pedir una explicación. Uno de los cardenales se paró frente al Moisés y dijo:

—Santidad, con esta estatua es suficiente para honrar la memoria del Papa Julio.

El Papa estuvo de acuerdo y le dijo al escultor que debía entrar a su servicio.

—Santísimo Padre. Podéis ver el trabajo que tengo. No dispongo de mí.

—Yo te quitaré eso de encima. Hablaré con el Duque y se conformará con tres estatuas de tu mano. Las otras, que las encargue a otros maestros. Para tí tengo algo mejor.

Paulo III quería que Miguel Angel terminase de decorar la capilla Sixtina pintando al fresco el muro del frente del altar. La idea era de Clemente VII, pero su sucesor, a quien encantaba la pintura, la hizo suya.

El muro ya estaba pintado con tres escenas de la Historia Sagrada del pincel de Perugino. La pared estaba muy dañada y

Miguel Angel mandó que la echasen abajo y la construyeran de nuevo con ladrillos de primera calidad y con un poco de inclinación hacia el suelo para evitar que, al correr el tiempo, el polvo destrozase la pintura.

Una vez preparado el muro, se encerró en la capilla y comenzó el trabajo. Apenas salía un rato para comer y dormir y había veces que dormía sobre el andamio. Al principio pensó en acabar la obra cuanto antes para seguir en cuanto pudiera con el monumento, pero luego todo cambió.

El Papa le había dicho que podía escoger el tema que más a tono le pareciese y él había decidido el Juicio Final. Era un tema que le inspiraba y le atraía. La influencia de Dante tenía ahora su mejor momento. El terror del sueño del poeta se reflejaba fielmente en el pincel del maestro.

Trabajó sin descanso, haciendo los bocetos según los iba necesitando y dejando mucho a la improvisación de sus sentimientos y de su estado de ánimo.

El escultor tenía ya 65 años, pero su vigor y la pasión que le inundaba le hacían parecer un muchacho en su primer trabajo. Un día no miró bien donde ponía el pie y se cayó del andamio. Se levantó como pudo; le dolía mucho una pierna. Arrastrándose, llegó a su casa. La rabia lo llenaba; pasarle eso ahora, que casi estaba terminada la pintura. Se encerró en su casa y no quiso ver a nadie ni abrir la puerta a sus amigos. La apatía lo estaba dominando. Todo le daba igual.

Su médico, que conocía el carácter del artista, se metió por la ventana de la casa y no salió de ella hasta haberlo dejado completamente curado. Miguel Angel volvió a su trabajo con mayor fuerza. Durante sus días de fiebre había perfeccionado sus ideas referentes al fresco.

El día de Navidad del año 1541 la obra se mostró al pueblo. Los visitantes de la capilla salían aterrados; no faltaba quien dijese que había visto moverse a las figuras del muro.

La gran pintura dominaba la mente del que la admiraba y algunos notaban peligrar su razón si se paraban a estudiar los gestos o las expresiones de las figuras. Por otra parte, era la pintura más grande que se había visto hasta entonces.

Miguel Angel recibió felicitaciones desde toda Italia. Algunas, como era costumbre, en forma de verso. El escultor decía a su amigo, con una chispa de esperanza:

—Tommaso, ahora podré terminar el sepulcro de Julio II. El trabajo que queda es tan poco...

El romano movió la cabeza.

—No te ilusiones. No pienses en ello y así no te harán daño si con otro encargo no te dejan hacer lo que deseas.

El escultor se acercó a la ventana y se dejó caer en una silla.

—Estoy cansado. Hastiado de tantos problemas. El arte, sí, yo quería el arte por el arte, no todos los giros económicos y políticos que encierra.

Tommaso se acercó al artista y guardó silencio.

—Mi vida ha sido siempre amarga. Por un momento de felicidad he tenido mil penalidades.

—Podrías haberte casado; haber tenido un hogar y unos hijos como tu hermano. Habrías sido igualmente artista.

Miguel Angel tenía la mirada perdida en la ciudad de los Césares y los Papas, que se apagaba con el sol.

—Si me hubiese casado, los problemas se habrían multiplicado. Es así y no he tenido tiempo ni de darme cuenta de que vivía.

La voz de Tommaso tenía algo que tranquilizaba el espíritu.

—Pero has vivido la pasión de tu arte con una fuerza que ningún otro artista ha sentido nunca.

—Tal vez, pero lo he perdido de vida con los que me rodean. La soledad es mala compañera. Ya ves, ha amargado mi espíritu y mi carácter hasta hacerlo irresistible y odioso a todo el que se acerca a mí.

—Eso no es cierto.

Se volvió rápido.

—No te ofendas, Tommaso. Tú eres distinto.

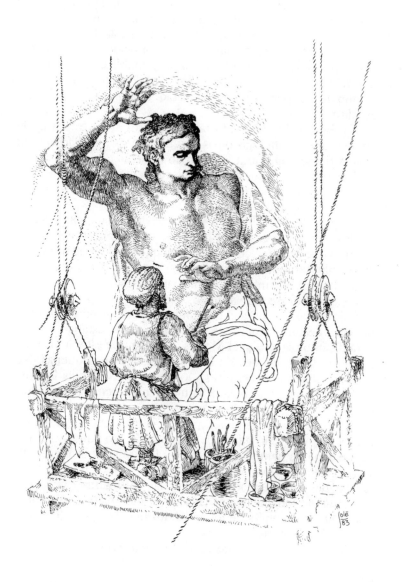

Miguel Angel había tenido muy buenos amigos en su vida, pero ninguno como Cavaliere. En este noble romano había puesto toda su confianza. Le contaba sus penas, sus problemas y pensamientos; y desde que lo había conocido, su soledad era más soportable. Aquel hombre culto y amable estaba, siempre que lo necesitaba, a su lado. Sin tener, como tantos otros, ningún interés personal en su amistad. Sólo por cariño al viejo escultor.

El Papa había quedado tan contento con el fresco de la Sixtina, que le encargó otros dos para la capilla Paolina. Al mismo tiempo, el duque de Urbino le pedía que buscase él a los maestros que considerase más convenientes para llevar a cabo las obras de la tumba y que sirviese de intermediario si surgía algún problema.

Miguel Angel habló con el Papa. No podía encargarse de las dos cosas a la vez. Paulo III le dijo que suministrase las tres estatuas que según el contrato tenían que ser de su mano y que ya estaban terminadas. Que buscase a esos dos maestros y los dejase en paz, en tanto él comenzaba los frescos.

El escultor se había dado cuenta de un problema. El Moisés era seguro para el monumento, pero las otras dos figuras eran de una escala más reducida, ya que estaban hechas para distinto plano que el Moisés. Al tener que estar las tres en la misma línea, las dos de los lados quedaban pequeñas. No valían. Había que hacer otras y los frescos de la capilla Paolina no le dejaban quedar bien ni siquiera con un contrato por tres estatuas.

El Papa no quería ceder, pero veía a su artista completamente abatido y sin ganas de hacer nada. Lo llamó y le dijo que le daba un tiempo para terminar la tumba y que luego volviera con los frescos.

Miguel Angel acabó en seguida las dos figuras, que representaban la Vida activa y la Vida contemplativa. También pudo dirigir las obras de los otros dos maestros, que le costaron muchos disgustos y gastos.

Por fin, el mausoleo de Julio II estaba terminado y la gran

pesadilla del artista desaparecía. Quedaba libre, pero no satisfecho. Repartidas por su taller, quedaban otras obras sobrantes de los distintos cambios de proyectos.

Miguel Angel se puso con toda tranquilidad a terminar los frescos. Empezaba para él una época tranquila. Tenía un buen amigo que lo comprendía perfectamente: Tommaso. Un criado, a quien llamaban Urbino, que era fiel y cariñoso como ningún otro. Un sobrino inteligente, Lionardo, hijo de su querido Buonarroto, y un grupo de amigos con los que se reunía algunas tardes y hablaban de arte.

Entre estos amigos había una mujer. Una noble dama, serena y llena de delicadeza, viuda de un militar glorioso. Ella sentía muy dentro de su alma las letras y el arte. Había publicado un libro de poemas que había agotado cinco ediciones en poco tiempo. Su nombre se oía en Italia como el de uno de los más insignes poetas de su época. Miguel Angel sentía gran admiración por esta señora. Su nombre era Vittoria Colonna, marquesa de Pescara.

Aparte de sus reuniones junto a otros conocidos, el escultor y la marquesa se escribían y cambiaban dibujos y sonetos. Vittoria era una mujer muy devota y en sus cartas apremiaba a su amigo para que meditase en la vida y en la muerte.

Miguel Angel seguía con los frescos de la capilla Paolina. Uno representaba el Martirio de San Pedro y otro la Conversión de San Pablo.

En el verano de 1544 Miguel Angel cayó enfermo. Su amigo Luigi Riccio recordaba que, cuando se cayó del andamio, la apatía no le dejaba curar y se propuso que esa vez no ocurriera lo mismo. Lo llevó a su casa y lo cuidó, atendido por su médico, hasta que la enfermedad fue vencida. El escultor estaba tan agradecido a los cuidados de Riccio y de su médico que se volvía loco en atenciones para con ellos. Cuando se vio curado pensó en una idea que le había pasado por la cabeza en algunas ocasiones: peregrinar a Santiago de Compostela.

Apenas había empezado a preparar su viaje cuando una recaída le devolvió a la cama. Otra vez el médico salió victorioso y Miguel Angel se vio de nuevo trabajando. Ya no era el mismo; se había dado cuenta de que tenía que cuidarse si quería conservar su vigor para el trabajo.

Su sobrino Lionardo había viajado para ver a su tío, cuando le llegaron noticias de su enfermedad. Por él supo el escultor que las cosas iban mal por Florencia.

A finales del año 1546, murió Luigi Riccio. Fue un golpe muy duro para Miguel Angel, que sentía por él un gran afecto. Se refugió en Tommaso y en la inteligente Marquesa. Pero un año más tarde, el dolor le buscó de nuevo. Su admirada amiga, Vittoria Colonna, murió casi repentinamente. Sólo con amargos sonetos y la silenciosa compañía de Tommaso consiguió seguir trabajando, sin que la tristeza y la melancolía acabasen también con él.

El Papa Paulo le había nombrado arquitecto mayor y le había dado los trabajos de la Basílica; aquellos que había empezado San Gallo, que siguió Bramante y todos los arquitectos que fueron ocupando el puesto. Miguel Angel preparó su proyecto. Su Basílica era más pequeña pero tenía más grandiosidad. Se hizo cargo, no sólo de las obras, sino de todo el cuerpo de operarios que funcionaba desde tiempos de Bramante.

Los hombres le recibieron de mala gana; habían oído hablar mal de él, sobre todo a su antiguo señor. Por toda Roma se comentaba su carácter terrible y su vida insociable. La práctica les hizo subir de tono el descontento. Estaban acostumbrados a vaguear cuanto querían, a ganar un dinero extra con los materiales y a exagerar la mano de obra, pero con el nuevo arquitecto todo se venía abajo. Empezaba porque Miguel Angel no cobraba nada por su trabajo y no había forma de sobornarle ni hacerle participar en los intereses de los operarios, y a éstos les hacía trabajar de verdad y a conciencia.

El escultor había comenzado en su taller un grupo en mármol que representaba una Piedad. Este estilo de figuras levantaban la ola de sus recuerdos y de sus oraciones; esculpir una Piedad era buscar a Dios dentro de sí, buscar las sensaciones que podían darle impulso y cerrar las puertas de sus pesadillas. Después de unas horas de trabajo le invadía una paz que le era muy necesaria.

Esta Piedad en la que trabajaba era completamente distinta a la de San Pedro de años atrás. En este grupo había tallado una Virgen que sujetaba a su Hijo con grandes esfuerzos; le ayudaba otra figura que representaba a Nicodemo y luego había una cuarta figura, agazapada a un lado: María Magdalena. Para la cara del Nicodemo escogió sus propias facciones, su gesto triste, su nariz aplastada y su mirada de infinito cansancio.

El maestro quería que esta Piedad fuese enviada a la capilla de su familia en Florencia, pero luego no le gustó y la dejó a medio terminar y rota por su propio mazo en un momento de furia, al no poder expresar todo lo que su espíritu le dictaba. Miguel Angel seguía buscando la armonía entre la idea de la muerte y la paz de su alma.

En 1553 el sobrino de Miguel Angel, Lionardo, se casó con una noble muchacha llamada Casandra.

El maestro se sentía muy feliz. No quería que la familia y el apellido acabasen en aquella generación; además estaba orgulloso de ser un padre para Lionardo. Felicitó a la pareja de todo corazón y en prueba de cariño envió a la novia dos anillos hermosamente tallados, uno con un diamante y otro con un rubí.

Dentro de su felicidad, estaba lleno de problemas por las obras de San Pedro. El disgusto de los operarios iba en aumento. El maestro los fustigaba constantemente. Como no les quedaba otro recurso para librarse de él, empezaron a levantar calumnias contra el escultor. Iban diciendo que se quedaba con el dinero y no daba recibos ni comprobantes a nadie.

Miguel Angel habló con la comisión que había nombrado el Papa para las obras de San Pedro y les puso al corriente de cuanto sucedía.

Repentinamente, el Papa murió y el anciano artista lo sintió de verdad. Paulo III le había comprendido más que los otros Papas y ahora su situación con los operarios era delicada. Le sucedió el cardenal Ciocchi, con el nombre de Julio III; ya siendo cardenal, era buen amigo de Miguel Angel y sentía por él admiración y afecto.

La comisión de operarios había redactado una carta en la que se acusaba al maestro de gastar el presupuesto sin dar cuentas a nadie, por lo que sospechaban que sacaba beneficios en los negocios.

El nuevo Papa celebró una junta en la que el escultor dio cuentas apretadas y correctas de todos los gastos; le felicitó por lo bien que iba todo y le afirmó en sus cargos.

Al llegar a su casa se encontró con una carta de Lionardo en la que se le comunicaba que el día 16 de mayo había nacido un niño varón, primer hijo de Lionardo. Le rogaban que diese su opinión sobre el nombre que se le debía imponer. Miguel Angel contestó ilusionado:

—Mucho me agradaría que el niño se llamara Buonarroto para que este nombre no se extinguiera en nuestra familia, ya que se ha conservado por más de trescientos años.

El niño fue bautizado con el nombre de Buonarroto.

Miguel Angel había comenzado otra Piedad para consolar su alma de los muchos sinsabores que las obras de la Basílica le

estaban proporcionando. En este grupo sólo hay tres personajes: la Virgen, Cristo y María Magdalena. La piedra estaba sacada de la provincia en donde estaba encuadrada la ciudad de Palestrina.

Los pensamientos dulces y los esperanzadores recuerdos volvían con cada Piedad. Era algo misterioso que ni el mismo artista podía explicarse. También ésta se quedó sin terminar. Su sentido religioso se había hecho muy exigente y no se encontraba satisfecho con ninguna de las versiones que sacaba de su único pensamiento.

Los poemas de esta época de su vida tienen un mismo pensamiento: el miedo y el deseo de la muerte.

El año 1555 fue trágico en la vida del escultor. Murió el amable Julio III y subió al papado Marcelo II; pero este Papa murió a las pocas semanas de ser elegido. En el solio quedó Paulo IV, que continuó las obras y dejó todo como ya estaba dispuesto.

En septiembre supo por su sobrino la muerte de su hermano Sigismondo y, al poco tiempo, muere también su querido criado Urbino.

Miguel Angel se quedó sin fuerzas hasta para escribir. Era ya muy viejo para tomar otro criado y ponerse a enseñarle sus costumbres y manías; además, tan fiel y comprensivo como Urbino no había nadie más sobre la tierra. Si no hubiera sido por la compañía y el cariño de Tommaso, Miguel Angel no habría podido sobrevivir a tanta pena.

Su criado, Urbino, había dejado viuda e hijos. La viuda era una mujer delicada e inteligente; se llamaba Cornelia Colonelli. Los padres querían casarla enseguida, pues ellos eran viejos y no les gustaba la idea de dejar solos a una viuda joven con hijos pequeños a quienes cuidar y educar. Miguel Angel se ocupó de que Cornelia pudiera escoger un marido que, si no era como el primero, por lo menos era honrado y acogió a los niños como si fuesen suyos.

El ocuparse tan de cerca de los asuntos familiares de su querido Urbino le distrajo de la pena que lo abatía y así pudo volver a ponerse al frente de las obras de San Pedro, con gran disgusto por parte de los operarios.

Cuando tuvo un tiempo libre, aprovechó para tomarse un descanso y se fue una temporada a Espoleto. Allí, entre los árboles y los montes, se sentía joven otra vez.

El descanso duró poco. No habían pasado unos días de su llegada cuando un mensajero le llamó a Roma para un asunto relacionado con las obras. Se sentía muy cansado. La carta de su sobrino, desde su mesilla, le ofrecía una fácil tentación; en ella el joven Lionardo le rogaba que renunciase a todos los encargos y trabajos que tuviera entre manos y fuese a Florencia a pasar sus últimos días con los que le querían en su ciudad natal.

La idea era muy tentadora. Miguel Angel quería a su sobrino y sentía pasión por su bella y desgraciada Florencia, pero no podía ser. Las obras de la Basílica debían seguir hasta donde pudieran sus fuerzas para que, cuando él faltase, los proyectos pudieran modificarse lo menos posible.

En una carta a Lionardo añadió:

«Tengo además el deber de construir un gran modelo de madera para la cúpula y la linterna, para estar seguro de que van a construir como es debido.»

Había comenzado otra Piedad. Esta última era más sencilla. Sólo dos figuras la formaban: Cristo y su Madre. Comenzó a tallar con cuidado. No quería abandonar la obra a la mitad por no ser lo que buscaba.

Vivía sólo en una casa vieja y sucia en una calle que tenía un nombre macabro: Matadero de buitres; pero no era pobre, tenía dinero como un príncipe, todo puesto en favor de su familia. Además se sentía a gusto en aquella vieja casa en donde las felicidades y las amarguras se habían mezclado en sus recuerdos hasta hacerse inseparables.

En la calle Ghibellina, en Florencia, había comprado un palacete para que Lionardo y su familia vivieran bien. Ése había sido el punto de partida para sus enormes trabajos. Él nunca necesitaba más de lo justo para respirar.

La última Piedad estaba sacada de una vieja columna de la época romana. Su talla quedó sin terminar. Trabajaba en ella cada día un rato.

Durante un año, los disgustos y las obras continuaron a igual ritmo. Miguel Angel trabajaba en la construcción del modelo de madera de la cúpula. Sus medidas y las cuidadosas explicaciones iban encaminadas a que, sin su mano cerca, la obra no fracasase.

Tomó a su servicio otro criado. Le era muy difícil atender todo con lo avanzado de su edad. Por las noches se sentaba a escribir sus poemas. Toda su larga vida pasaba ante sus ojos, haciéndole ver sus errores. Reteniendo un momento en los labios los nombres queridos, los rostros volvían a formarse en su memoria. No le asustaba la muerte, y a veces la deseaba: cuando se veía tan solo, tan abandonado de las personas de su edad y siglo. Sólo le quedaban unos cuantos amigos y todos mucho más jóvenes.

Los recuerdos formaban una cadena que sacaba un nombre detrás de otro: Lodovido, Lorenzo, los nueve Papas que había conocido, Granacci, Torrigiano, Bramante y sus intrigas, el genial da Vinci y su rivalidad, el hermoso Rafael, el dulce Urbino, Vittoria...

Sus recuerdos se fundían con sus afectos del momento: Lionardo y su pequeño Buonarroto, el maravilloso Tommaso...

Cada noche, antes de que el sueño acudiera, revivía una escena de su larga vida. Luego, poco a poco, el sueño y el cansancio iban convirtiendo en fantasía lo que había sido realidad.

13

Miguel Angel tenía ya 88 años. Los jóvenes que trabajaban en las obras de San Pedro estaban cansados del viejo. Querían hacer las cosas a su modo, sin que aquel tirano terrible supervisase todo a cada momento.

Uno de los hombres que tenía la esperanza de ser nombrado arquitecto mayor, decidió no esperar más e hizo correr la voz de que el viejo estaba engañando a sus señores y que tenía comprado al capataz. Miguel Angel se presentó a la comisión y dejó su dimisión sobre la mesa.

—Esperad. Debéis decir cuáles son vuestros proyectos para que el nuevo arquitecto pueda continuar.

—Está bien. Decidme quién me sustituirá y hablaré con él.

—Será Nanni de Baccio.

Miguel Angel sintió su furia juvenil volver a él. ¡Nanni de Baccio! ¡El indeseable que lanzaba los bulos y las calumnias! Salió a la calle y montó en su caballo.

Desesperado por la angustia que le oprimía el pecho, buscaba al Papa por la ciudad. ¡Allí estaba! En la plaza del Capitolio. Llegó hasta la misma plaza y descabalgó. El séquito del Papa se había quedado mudo por la impresión de ver llegar al viejo maestro hecho una furia, con los ojos centelleantes y fieros. Descabalgó casi de un salto.

—¡Santidad!

—¿Qué os pasa, Miguel Angel? ¿Por qué venís así? Puede ocurriros algo.

—Algo va a ocurrirme si me callo y no digo pronto a Su Santidad lo que me trae a Vuestra presencia de esta forma.

—Está bien. Decid qué os pasa.

—La comisión de obras quiere que descubra mis proyectos a un hombre de la talla de Nanni de Baccio. Porque el tal Nanni anda corriendo bulos a mi costa para quedarse con mi puesto. Pues bien, ahí lo tiene.

Dio media vuelta y volvió junto al caballo.

—Inmediatamente salgo de Roma y me voy a mi patria.

El Papa se adelantó hacia el escultor y lo sujetó de un brazo.

—Calmaos. No debéis fatigaros de esa forma. Yo arreglaré este asunto.

Se convocó la comisión con la presidencia del Papa. Nanni salió a declarar con aire triunfante.

—Este hombre, a causa de su edad y de su falta de conocimiento en la ciencia de la arquitectura, ha cometido tantas faltas que la obra amenaza derrumbarse.

Miguel Angel no declaró nada.

—Las obras declaran por mí.

El Papa mandó a un hombre de su confianza y, como ya se esperaba, las acusaciones de Nanni resultaron ser falsas y Miguel Angel volvió a ocupar su cargo anterior.

El anciano maestro sabía que no viviría mucho. Quería dejar todo bien a su gusto y para ello llamó una tarde a Tommaso.

—Mi querido Tommaso. Perdóname que te moleste, pero hay cosas que sólo tú puedes hacer en mi favor.

Tommaso lo miraba con desesperación. Verlo tan anciano le hacía sufrir al pensar que cada vez era la última.

—Tú no me molestas jamás.

—Escucha. Quiero explicarte el proyecto de la cúpula. Está todo aquí y creo que bien claro, pero, por si acaso algo no se entiende o se entiende mal, tú lo sabrás.

Toda la tarde pasaron los dos amigos en explicaciones técnicas referentes a la cúpula. Cuando todo estuvo acabado, Miguel Angel se levantó.

—Ven, quiero que ahora me ayudes a quemar los dibujos.

—A quemar... ¿qué dices?

—Voy a quemar los dibujos.

—¿Por qué?

Miguel Angel lo miró despacio.

—Verás Tommaso. No quiero que nadie vea los bocetos ni los estudios. Ya no los necesitaré. ¿Para qué los quiero?

—Son valiosos por ser tuyos.

—No, lo principal en todos los actos de la vida es hacer ver que las cosas que realizamos no nos cuestan nada. Hay que ponerse al trabajo con todas las fuerzas del alma, pero luego el resultado debe dar la impresión de que ha sido hecho sin esfuerzo.

El escultor sacó todos sus papeles. Escogió algunos dibujos terminados y los tendió al romano.

—Estos quédatelos tú. Ya están terminados.

Después se agachó para encender la chimenea. Tommaso lo apartó suavemente.

—Déjame. Yo encenderé el fuego.

Los dibujos y diseños de Miguel Angel desaparecieron por deseo del artista. Sólo sus obras, acabadas o no, guardan el secreto de sus problemas y sus soluciones.

El anciano maestro se iba agotando día a día. Una tarde su malestar era más fuerte y para vencerlo dio un paseo a caballo. Volvió mucho más cansado. Las piernas se le doblaban, tenía frío y le pesaba la cabeza. Su criado llamó al médico y avisó a sus amigos.

Al entrar Tommaso en la habitación, el anciano hizo un esfuerzo por levantarse de su sillón.

—Espera, te llevaré a la cama.

—Tommaso, estoy agotado.

La voz tranquilizadora de su amigo romano tenía algo que temblaba.

—No digas nada, no te canses.

Los médicos le reconocieron. Daban muy pocas esperanzas. El criado salió a buscar un fraile conocido de su señor. Miguel Angel quería poner su alma en paz.

Durante cinco días sus amigos más cercanos vivieron torturados la serena agonía de un hombre extraordinario. Habían mandado recado a Lionardo, pero aún tardaría en llegar.

El día 18 de febrero Miguel Angel Buonarroti murió en Roma. Era el año 1564.

Cuando llegó Lionardo, sólo pudo enterarse de los detalles por las palabras de un elegante caballero romano que no podía evitar que, mientras hablaba, las lágrimas barrieran su cara.

El gran genio ha existido. Sus hijos de piedra dan testimonio de él. Su terrible temperamento ha quedado en la capilla Sixtina y en los ojos del Moisés; su grandeza, en el David; su ternura, en la Piedad. Cada una de sus cualidades y cada uno de sus defectos están muy claros en sus obras. Su nombre, por sí solo, sin necesidad de apellido, puede ser el símbolo del Renacimiento.

La cúpula se terminó según sus proyectos y hoy es la más bella de la Tierra. Tuvo el honor de crear el eje del universo en la cruz que remata la bola de la inmensa linterna.

Cuando el paso de los siglos llena de polvo a los hijos de la Historia, todo cambia y se tiñe de otro color. Las distintas versiones de su genio o de su vida no son más que montones de polvo de siglos sobre su eterna personalidad. Sólo hay algo que no puede cambiar: sus obras. Detrás de cada una de ellas se esconde una tragedia; pero el maestro no quiere que se sepa. Lo importante es que parezca que no cuesta nada crearlas; que no cuesta nada vivir.